Mario Krygier

Faszination Mayaland

Eine Tour mit Rucksack und Hängematte

Copyright © docupoint Verlag
Maxim-Gorki-Straße 10
39108 Magdeburg

Autor Mario Krygier

Titel Faszination Mayaland
Eine Tour mit Rucksack und Hängematte

Layout Mario Krygier

Umschlag Marco Borchardt

Titelbild Mario Krygier

Druck docupoint Druckerei

978-3-86912-017-1

Mario Krygier

Faszination Mayaland

Eine Tour mit Rucksack und Hängematte

Jeder tritt einmal die ganz große Reise an.

Verweile noch und er**lebe** …

Dein Sohn.

Ein Vorab-Blick in das Reisetagebuch

Eine Seite meines Tagebuchs – nachts liegenderweise in der Hängematte geschrieben. Irgendwann nach 2 Uhr, irgendwo im stockdunklen Dschungel am Usumacinta. Was kommt da auf uns zu? Ein Jaguar... Am Morgen betrachte ich meine Zeilen und staune – nicht über die Rechtschreibfehler, sondern über meinen Mut, auf solche aufregende Weise zu reisen.

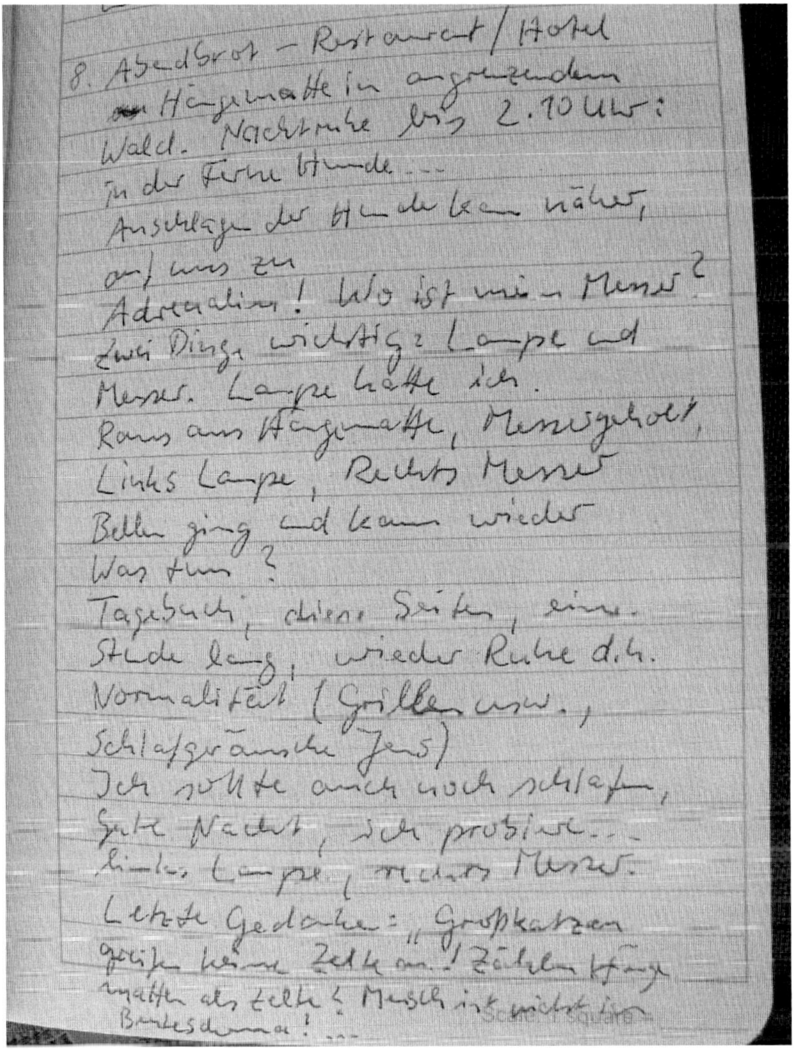

8. Abendbrot – Restaurant / Hotel
Hängematte in angrenzendem
Wald. Nachtruhe bis 2.10 Uhr:
In der Ferne Hunde...
Anschläge der Hunde kamen näher,
auf uns zu
Adrenalin! Wo ist mein Messer?
Zwei Dinge wichtig: Lampe und
Messer. Lampe hatte ich.
Raus aus Hängematte, Messer geholt,
Links Lampe, Rechts Messer
Bellen ging und kam wieder
Was tun?
Tagebuch, diese Seiten, eine
Stunde lang, wieder Ruhe d.h.
Normalität (Grillen usw.,
Schlafgeräusche Jens)
Ich sollte auch noch schlafen,
Gute Nacht, ich probiere...
links Lampe, rechts Messer.
Letzte Gedanke: „Großkatzen
greifen keine Zelte an"! Zählen Häng-
matten als Zelte? Mensch ist nicht im
Beuteschema! ...

Wer oder was reist wohin?

Als ich am zeitigen Morgen des 1.8.2009 das kleine Eurowings-Flugzeug nach Frankfurt bestieg, begann für mich die Erfüllung eines schon lange gehegten Wunsches. Nach Durchlaufen der üblichen Prozeduren im Frankfurter Flughafen saß ich dann am Mittag in der viel größeren Condor-Maschine mit Destination Cancun. „Jens, ich komme!", jubelte ich innerlich, den gerade gereichten Cocktail in der Premium-Economy-Class genießend. Tatsächlich hätte ich an diesem Tag ununterbrochen meinen Lieblingssong, die softe Variante von Bon Jovis „It's my life", singen können, aber ich kam weder dazu noch kam ich zum Schlafen während des elfstündigen Fluges. Ich war aufgeregt in einer Weise, wie ich es schon lange nicht mehr kannte. Letzteres steigerte sich sogar noch, als ich in Cancun ankam.

Hier wurde ich von einem uniformierten Herrn mit Maschinenpistole empfangen, der auf meine Reisetasche deutete. Schweißperlen so groß wie Tennisbälle, ich weiß nicht mal ob vor Angst oder von der ungewohnten Hitze, liefen mir über das Gesicht. Ich bemühte mich sehr, die Notwendigkeit des Mitführens meines beim Durchleuchten der Tasche entdeckten österreichischen Militärmessers zum Zwecke des Schneidens und Sägens im Dschungel zu erklären. Mit Erfolg. Ich verließ das Flughafengebäude. Während ich auf Jens wartete, wurde ich gefühlte 20-mal von Taxifahrern angesprochen. Mein Glücksgefühl war stärker als die Sorge, dass Jens mich aus irgendeinem Grund nicht abholen könnte. Da er es schließlich tat, erledigt sich die Frage, was ich sonst ohne Kenntnis seiner Adresse angefangen hätte.

Es ist nun an der Zeit, dass ich uns, die Hauptakteure dieses Reiseberichtes, erst einmal vorstelle. Nun habe ich zwar hier als erster die Bühne betreten, aber ich möchte den Anfangs-Applaus auf meinen seit 1996 in Mexiko lebenden Freund Jens Rohark lenken. Er ist nicht nur der Mayakenner. Nein, manchmal denke ich, in ihm fließt auch Mayablut. Er geht regelmäßig auf die heute lebenden Maya zu, um einerseits von ihnen zu lernen, aber auch, um ihnen die Ergebnisse seiner Arbeit zu überbringen. Seine Leidenschaft führte zu beachtlichen Ergebnissen. So fertigte er z. B. Codexzeichnungen in herausragender Qualität an. Er übersetzte das Poopol Wuuj, quasi die Bibel der Maya, ins Deutsche. Seine Kenntnisse der Mayasprache, der Hieroglyphenschrift, des Kalendersystems usw. gipfeln in fachkompetenten Büchern und Artikeln. Und vor allem, er ist ganz sicher einer der besten Reiseführer im Mayaland.

Und ich? Ich wurde vor einigen Jahren beim Gläschen Bier von Jens angesteckt. Ich mutierte zum leidenschaftlichen Freund des Mayakalenders und zum Programmierer desselben. Als Gymnasiallehrer für Mathematik, Physik, Astronomie und Informatik brachte ich auch ein paar Fähigkeiten mit in unser Zwei-Mann-Team. Wenn die Weitergabe des umfassenden Wissens von Jens als sprudelndes Wasser aufgefasst wird, ist mein Gedächtnis auf dieser Reise der anfangs allenfalls etwas feuchte Schwamm, der dieses eifrig nachfließende Wasser versucht aufzusaugen. Ich muss aufpassen, dass nicht zu viel an mir vorbeiplätschert. Der Schwamm wird langsam spröde.

Hier ist schon mal ein Bild von uns. Einige der vielen geschossenen Fotos sind hier im Büchlein zu finden. Ich versuche, mich einem Vorsatz zu beugen: Den Lehrer in mir halte ich weitgehend zurück. Außer, wenn es um kurze Erklärungen dazu geht, „was die Mayawelt im Innersten zusammenhalt". Schließlich mochte ich einen emotionalen Bericht dieser einzigartigen Tour liefern und dabei vordergründig auf Erlebnisse sowie Erfahrungen und eben auch auf meine Gefühle eingehen. Vielleicht gelingt es mir, den ganz besonderem Charme dieses Fleckchens Erde herüberzubringen.

Dieses Buch ist zu 70% für das Herz und zu 30% für den Kopf.

Die folgende Karte zeigt unsere Tour durch das Mayatiefland bzw. Yucatán in etwas idealisierter Weise. Tatsächlich mussten wir aus persönlichen Gründen von Palenque direkt nach Cancun zurück und setzten dann von dort aus unsere Reise im Norden Yucatáns fort. Lediglich der Besuch der Mayastadt Edzná fiel dieser Änderung zum Opfer. Dafür besichtigten wir die vorher bei der Planung nicht mit vorgesehenen Orte Naranjo, Yaxhá und La Blanca. Auf der Karte sind alle bereisten Städte unterstrichen.

Das Hochland bzw. die südlicheren Bereiche der Mayawelt wurden von uns nicht mit bereist. Besonders bekannt sind hier die klassischen Städte Copán und Quiriguá sowie die reizvolle Landschaft rund um den Atitlánsee.

Im Folgenden liste ich die bedeutsamsten Aufenthaltsorte unserer Reise mit Angabe des Aufenthaltszeitpunktes auf. Der erste echte Tourtag war der 2.8.2009.

Ort	**Tourtage**
Cancun	Abfahrt am Tourtag 1
Tulum	1
Belize City	2
Flores	3, 4, 5, 6, 7
Tikal	4, 5
Naranjo	6
La Blanca	7
Yaxhá	7
Dos Pilas	8
Aguateca	9
Ceibal	9
Yaxchilán	10
Bonampak	10
Palenque	10, 11, 12, 16, 17
Nahá	12, 13, 14, 15
Cancun	18, 19
Chichén Itzá	19, 23
Mérida	19, 20, 21, 22, 23
Uxmal	20
Labná	20
Kabáh	20
Cancun	Ankunft am Tourtag 23

Orte, an denen wir uns nur zum Zwecke des Übernachtens aufgehalten haben, sind nicht mit aufgeführt worden.

Nun bleibt noch die durchaus spannende Frage zu klären, was wir an Gepäck mitzunehmen hatten. Neben Hängematte mit Moskitonetz, Schlafsack und Regenplane mitsamt zugehörigen Seilen bzw. Stricken und Heringen musste ich genau überlegen, was unbedingt erforderlich ist, um die geplanten 6 kg Gesamtgewicht nicht wesentlich in Gefahr zu bringen. Damit war klar: Die Garderobe fällt sehr spärlich aus. Inklusive der Sachen, die ich am Leibe trug, waren das im Einzelnen zwei Schlüpfer, eine Badehose, zwei Paar

Strümpfe, eine kurze Hose, eine lange Hose, ein kurzes T-Shirt, ein langes T-Shirt sowie der Regenumhang. Hinzu kam das kleine Mikrofaserhandtuch. Mehr nicht? Doch, meine Sandalen und mein Cap sollte ich der Vollständigkeit halber auch aufführen.

Zu einer guten Ausrüstung gehören noch einige Gegenstände, wovon die Stirnlampe und das Messer die wichtigsten sind. Fotoapparat, GPS-Gerät und Schreibzeug dienen der Dokumentation der Reiseerlebnisse. Ersatzbatterien sollte man auch dabeihaben. Die Zahnbürste, eine kleine Tube Zahnpasta sowie etwas Duschgel komplettierten das Gepäck eigentlich schon.

So wäre ich wohl nicht besonders weit gekommen. Natürlich musste ich auch irgendwo meinen Reisepass sowie das Geld verstauen. Jetzt kommt mein Gürtel ins Spiel. Die meisten Geldscheine konnte ich im Gürtel verstecken. Auf der rechten Seite hatte ich am Gürtel eine Tasche unter anderem mit meinen Medikamenten. Dass dort bei Bedarf auch der Fotoapparat und das GPS-Gerät mit hineinpassten, war ganz praktisch. Auf der linken Seite hing eine Flaschentasche mit einer meist gut gefüllten Wasserflasche am Gürtel, was sich als überaus nützlich erwies. Überhaupt war der Gürtel mit allem, was daran hing, meist übrigens auch das Messer und die Lampe, der zentrale Platz für das Minimalequipment. So hätte ich notfalls auch ein rucksackloses Leben über mehrere Tage führen können.

Nicht ganz einig waren wir uns beim Thema Notproviant. Während Jens die Meinung vertrat, dass man überall etwas zu essen findet, beharrte ich darauf, ein Päckchen energiereiche Weizenriegel einzupacken. Aber auch Mineraltabletten, um Regenwasser aufzuwerten sowie Tabletten zur Entkeimung von Wasser wollte ich mitnehmen. Eine kleine Notapotheke unter anderem mit „Imodium Akut“ darf auch nicht fehlen. Ich überzeugte Jens zudem, ein Antigift zur Erstbehandlung von Schlangenbissen zu besorgen. So ließ er sich ein Päckchen mit mehreren Fläschchen von einer angenommen fachkundigen jungen Frau übergeben. Dazu gab's eine ausgedehnte Einweisung – in spanischer Sprache. Wunderbar, dachte ich. Damit ist die Rollenverteilung im Wald klar. Ich muss mich von der Schlange beißen lassen, um mich von Jens retten lassen zu können. Umgekehrt geht das nicht.

Letztlich ist noch das pikante Detail des Gesamtgewichts unseres Gepäcks zu klären. Knappe 8 kg kamen bei mir zusammen. Weniger ging nun wirklich nicht! Oder doch? Jens schaffte es tatsächlich, auf etwas über 6 kg Gepäck zu kommen. Letztere Tatsache, verbunden mit dem deutlichen Größenunterschied unserer Rucksäcke, veranlasste Jens beim Losgehen zu der Aussage: „Ich habe das Gefühl, die Hälfte vergessen zu haben, wenn ich deinen Rucksack sehe."

Während dieses Vorwort einen Rückblick auf die Startgegebenheiten darstellt, werde ich die folgende Reisebeschreibung so formulieren, wie ich die Geschehnisse gerade erlebe, also in der Gegenwartsform. Einerseits spiegele ich damit mein originales Reisetagebuch wider. Zum anderen ergibt sich für den Leser der Eindruck des unmittelbaren Miterlebens, quasi als „Live-Show".

¡ Ven conmigo !

Tag 1: 12.19.16.10.1 13 Imix 19 Xul

Trotz des ewig langen gestrigen Ankunftstages, der in einer Bar mit Live-Musik seinen würdigen Abschluss fand, werde ich irgendwann, viel zu zeitig, wach. Da es erst knapp nach 4 Uhr ist, bleibe ich liegen und lasse meinen Blick über die schwach erkennbare Umgebung schweifen. Dieses Zimmer wird eindeutig von Bücherregalen dominiert. Ich mache das Licht an, um mehr zu erkennen. Wow, Mayabücher ohne Ende! Unter anderem Nikolai Grubes Standardwerk „Maya – Gottkönige im Regenwald“ gleich dreifach: deutsch, englisch und spanisch. Ich greife mir eins der wenigen deutschsprachigen Bücher zum Thema Reise und finde einen tollen Spruch von Adolf Freiherr v. Knigge: “Zum Reisen gehört Geduld, Mut, guter Humor, Vergessenheit aller häuslichen Sorgen, und dass man sich durch widrige Zufälle, Schwierigkeiten, böses Wetter, schlechte Kost und dergleichen nicht niederschlagen lässt.“ Das passt.

Beschwingt gehe ich daran, meinen Rucksack zu packen. Letzteres ist keine ganze Tagesaufgabe, weil es ja nicht so viel zu packen gibt. Im Bewusstsein, dass die nächsten Tage die Morgentoilette nicht mehr so ausführlich und komfortabel ablaufen wird, dusche ich besonders ausgiebig und bekämpfe beim Rasieren jedes widerspenstige Barthaar mit besonderer Aufmerksamkeit. Auf diese Weise in einen körperhygienischen Idealzustand gelangt, dränge ich Jens, gleichermaßen in Startposition zu kommen: „Das Mayaland ruft!“

Unser klimatisierter Bus bringt uns unter anderem an dem weit bekannten Freizeitpark Xcaret vorbei nach Tulum, der ersten von uns anvisierten Mayastadt. Herrlich, erstmalig stehe ich in einer solchen. Ich weiß gar nicht, was ich zuerst anschauen soll. Aber wir haben ja auch die Koordinaten der umgebenden Mauer zu messen, um die umstrittene Länge genau zu bestimmen. Zunächst stelle ich fest, dass man nicht ohne Weiteres an die Ecken herankommt. Außen muss man sich durchs Gebüsch schlagen, im Innern des Geländes gibt es Absperrungen. Wir bewegen uns auf der Westseite der Anlage an der Mauer entlang und haben von dort einen wunderbaren Überblick über das Arrangement der Gebäude. Auf der Wiese an der Mauer sitzend, nehmen wir uns die Zeit, über die Motivation der Maya zu plaudern, gerade hier eine Stadt zu errichten.

Für diesen Standort sprach besonders die Möglichkeit des Handels über den Seeweg. „Was haben denn die Maya auf dem Seeweg transportiert?“, will ich wissen. „Zum Beispiel Feuerstein und Jade“, bekomme ich als Antwort. Weiter südlich etwa bis Chetumal gab’s nur Sumpfland, also ungeeignetes

Terrain für den Bau einer größeren Mayastadt. Hier in Tulum konnte man einen erhöht stehenden Tempel bauen. Und man hatte hier sogar die Möglichkeit, ein Leuchtfeuer zu betreiben. Dass sich neben dem Haupttempel eine kleine Bucht zum Schutz der Boote befindet, komplettiert die günstigen Bedingungen.

Wir begeben uns zur Südwest-Ecke, wo genau wie im Nordwesten ein kleiner Wachturm steht. Während ich meine GPS-Daten notiere, inspiziert Jens das Türmchen. Dann passiert das Unfassbare: „¡ A ver … sus boletos !“, waren seine ersten noch harmlos klingenden Worte, bevor uns der übereifrige Herr vom Sicherheitsdienst wegen Spionage des Geländes verweist. Dabei gönnt er sich einen intensiven Blick in unser aus seiner Sicht höchstwahrscheinlich mit frisch geklauten historischen Schätzen gefüllten Rucksäcke. Er wirkt ziemlich enttäuscht, weil wir ihm nur unsere spärliche Expeditionsausrüstung zeigen können. Hängematte, Badehose und Notproviant halten ihn aber nicht von seinem fest gefassten Rausschmissentschluss ab.

„Na gut, dann ab in die Karibikfluten!“, trösten wir uns und legen wenige Minuten Fußmarsch später unsere Sachen auf einem am Strand liegenden Boot ab. Ich staune darüber, wie warm das Wasser ist, eine echte Abkühlung bleibt also aus. Aber das Ambiente ist großartig. Im intensiven Sonnenlicht geht das Weiß des Sandes wenige Meter entfernt über zum Türkisblau des

Wassers, während der Himmel sich am Horizont aufgrund einer heranziehenden Wolkenfront bedrohlich verdunkelt.

Wir entscheiden uns, zur Suche nach einem geeigneten Schlafplatz aufzubrechen. Allerdings erweist sich das hier übliche Buschland als eher ungeeignet. Gerade ich, der Hängematten-Camping-Neuling, bin sehr skeptisch. Ich beanspruche für mich die aus einem anderen Bereich gültige Anforderung „Die erste Nacht soll eine besonders schöne sein, um auch weiter daran Spaß zu haben."

Die Suche weitet sich aus zu einem abenteuerlichen Marsch, wovon wir ein Stück auf einem Pickup mitfahren und eine von mir wegen der Temperatur auf Jens' Thermometer „Area 51" getaufte Straße entlang pilgern. Schließlich fahren wir wieder abkühlenderweise mit einem klimatisierten Taxi in die Stadt Tulum. Auf dem Weg in ein Restaurant treffen wir eine traditionell gekleidete Frau mit ebenso verpacktem niedlichen Baby. Das gute mexikanische Essen lässt uns den Stress und die Umwege vergessen. Vergessen hätte uns fast auch der gebuchte Bus nach Chetumal, weil er entgegen den Erfahrungen pünktlich abfahren will, während ich noch Wasser kaufe. So verlegen wir das Übernachtungsproblem nach Chetumal, wohin wir nun noch drei Stunden mit dem Bus fahren. Unterwegs resümiere ich, dass wir bisher einen tollen ersten Tourtag verbracht haben. Nur die Mayastadt Tulum kam etwas zu kurz weg. Schade. „Dann erzähle ich dir noch etwas Interessantes", schlägt Jens vor. „Okay, Herr Reiseführer, diesen Vorschlag begrüße ich sehr."

Der Name „Tulum" stammt aus dem 16. Jahrhundert und bedeutet soviel wie „Befestigung" oder „Mauer". Ich bin verblüfft, dass es eine Tulum-Stele mit dem Inschriftendatum 9.16.10.0.0 geben soll. Das entspricht dem gregorianischen Datum 29.1.564. Das ist tiefste klassische Mayazeit! Da hat sich doch fast alles in Petén und Chiapas abgespielt. Chichèn Itzá & Co. waren erst viel später von Bedeutung. Jetzt bin ich richtig sauer: „Sch… (ein verschärft ausgerufenes „Schade!"), dass wir diese Stele nicht gesehen haben!" „Die kannst du hier nicht sehen, die wurde geklaut." Jens erklärt, sie wurde vor ca. 100 Jahren von dem britischen Amateurarchäologen Thomas Gann erst am Strand verbuddelt und dann später nach London gebracht. Obwohl ich vor einem halben Jahr im British Museum war, fiel mir eine solche Stele dort nicht auf. Ich konzentrierte mich zu sehr auf die Lintel von Yaxchilán.

„Was aber in Tulum besonders sehenswert ist, sind die Räume mit den Wandmalereien im Haupttempel." Noch bevor ich sagen konnte „Sch…!" ergänzt Jens, dass dieser Bereich gesperrt ist. Hier wie auch im „Tempel der Wandmalerei" findet man den Regengott Chaak. Auch der Himmelsgott Itzamna und die Mondgöttin wurden in Tulum abgebildet. Umstritten ist der „herabstürzende Gott", bei dem es sich laut Jens um den Sonnengott handeln könnte.

Beim Hinaussehen aus dem Busfenster werde ich erstmals mit den an mitteleuropäischen Standards gemessen sehr ärmlich anmutenden Hütten der hiesigen Landbevölkerung konfrontiert. Diese Leute leben wie die Maya vor 1000 Jahren, wenn man mal von der Anbindung an das Stromnetz sowie die Straße und zugehörige Fahrzeuge absieht, denke ich zuerst. Nein, doch nicht, wird mir später klar, als ich Satellitenschüsseln, Handys usw. wahrnehme. Die Überlegung, dass Tulum damals etwa 600 bis 800 Einwohner hatte und von einigen Dörfern umgeben war, die für die Versorgung zuständig waren und dass dies bis nach 1517 so funktionierte, schließt unsere nachträglichen Überlegungen zum ersten Ruinenstattbesuch ab.

Wir erreichen die große Busstation von Chetumal gegen 22 Uhr. Unsere letzte Tagesaufgabe besteht im Auffinden einer geeigneten Stelle für unsere Hängematten. Es ist dunkel und wir sind müde. Unweit der Busstation beginnt sowas wie Wald oder besser gesagt Busch. Mich stört hier vieles, am meisten aber der Müll und die Dunkelheit. Jens möchte nicht, dass uns jemand sieht, weshalb die Lampen nur mit äußerster Vorsicht eingesetzt werden. Beim Aufhängen der Hängematte muss mir Jens helfen. Ich bin hauptsächlich damit beschäftigt, vor kriechendem Getier Angst zu haben. Endlich in der Hängematte liegend, versuche ich zur Ruhe zu kommen.

Von diesen ungewohnt lauten Grillen muss eine genau unter mir sitzen. „Warum kann ich den Himmel nicht sehen? Sind da Blätter davor oder ziehen Regenwolken auf?" Meine durch den Kopf geisternden Sorgen verlieren sich, als mich der Schlaf übermannt. Dieser wird immer mal spontan von einer Frage der Art unterbrochen „Was hat da geknackt?" Die Müdigkeit reißt mich dann wieder zurück, so dass ich insgesamt eine hinreichend erholsame Nacht verbringe.

Jens hatte irgendwann in der Nacht seine Regenplane mit aufgespannt.

Tag 2: 12.19.16.10.2 1 Ik‘ 0 Yaxk‘in

Es gibt kein böses Erwachen. Ich genieße die angenehme Erfahrung, dass ich in der Hängematte auf dem Rücken liegend gut durchschlafen kann. Insofern ist die erste Nacht wenigstens kein abschreckendes Beispiel für das, was da noch auf mich zukommen wird. Wir absolvieren unsere Morgentoilette im Busbahnhof und nehmen ein angemessenes Frühstück zu uns, bevor wir in Richtung Grenze aufbrechen. Jens stellt klar, dass die Gelegenheit, so gut zu frühstücken, in Abhängigkeit von der Location für uns nicht immer gegeben sein wird.

Der Grenzübertritt erfolgt problemlos und schnell. Das Gelände auf der Belize-Seite gleicht einem toten Ort. Wir schließen uns einer Mennonitenfamilie an, die uns in die richtigen Busse lotst mit Ziel Belize-City. Dort haben wir uns erstmal durch ein recht heruntergekommenes Wohnviertel zu begeben, um zur wesentlich attraktiveren Innenstadt zu gelangen. Es klingt merkwürdig, aber in der Innenstadt ist Vorsicht geboten vor netten Menschen. Es liegt in meiner Natur, dass ich jegliche Kommunikation, auch mit Fremden, begrüße.

In BC besteht für mich auch nicht die Sprachbarriere wie in Mexiko, weshalb ich mich sehr gern auf Smalltalks einlasse. Insbesondere die Beschreibung lokaler Gegebenheiten und Sehenswürdigkeiten nehme ich dankbar auf. Allerdings wird man für solcherart unvereinbarten Service plötzlich und unerwartet zur Kasse gebeten. Jens, der diese Gepflogenheiten kennt, befreit mich mehrfach aus solchen Situationen. Eine Erfahrung trauriger Couleur.

Wir gönnen uns extrem preiswerte Bananen, wovon wir zwei an einen dafür sogar sehr dankbaren Bettler abgeben, und kaufen ein zu teures Bier bevor wir mit dem Bus gen Guatemalagrenze nach San Ignacio (Cayo) aufbrechen. Wald, Wald, der „schlafende Riese“ – eine einsame Bergformation und wieder Wald. Die Augen ermüden. Oh, was ist denn das? Eine Palme zwischen zwei Kiefern? Das ist ja fast wie Pinguine und Eisbären! Ansonsten wirkt die Landschaft recht monoton, weshalb ich dann doch einschlafe.

Plötzlich ein Schuss! Alle schrecken auf. Ein Überfall? Nein, doch kein Schuss. Ein Reifen war's. Der Reifen ist zerknallt. Verblüffenderweise fährt der Busfahrer weiter. Langsamer mit Poltern und Ruckeln, wie meine Schrift an dieser Stelle beweist. (Natürlich meine ich die Schrift im originalen Tagebuch.) Eine halbe Stunde nach dem Knall wird das Rad in Belmopan gewechselt. Jens und ich steigen aus, um den Schaden zu begutachten. Das Rad ist inzwischen so ramponiert, dass man einen Handball durch das Loch stecken könnte. Zum Glück sind immer zwei Räder auf jeder Achsenseite.

Nach einer weiteren guten Stunde im überfüllten warmen Bus erreichen wir unser Tagesziel Cayo. Nettes Städtchen, wo man auf der Straße gegrüßt wird mit „Hi Guys!". Die Spezies des Rucksacktouristen kommt hier sehr häufig vor. Das ist ganz klar angesichts der tollen Touren, die man von hier aus unternehmen kann. Ob Actun-Tunichil-Muknal-Höhle, Rio-Frio-Cave oder die Mayastadt Caracol, hier kann man seinen Abenteuerdurst stillen. Apropos Durst und Hunger, Jens kennt ein Kneipchen, wo es Chili con Carne gibt: „Evas Restaurant" gegenüber dem „Venushotel".

Die Speise schmeckt uns super und wird aufgewertet durch das Bier mit Eis, Salz und Limone. Auch bei der Wahl unserer Schlafstelle haben wir ein wahrhaft glückliches Händchen. Das Wort „idyllisch" lässt nur zaghaft erahnen, welch exklusiven Lagerplatz wir am Ufer des Macal-River vorfinden. Einige Meter direkt über dem Ufer haben wir einen Terassen- bzw. Logenplatz mit Blick auf den Fluss, das gegenüberliegende Ufer sowie die außergewöhnlich lichte Vegetation.

Wir nutzen die Abendstunden für Gespräche über Mayaforscher und deren Entdeckungsreisen. Das tun wir sitzenderweise. Aber nicht, wie man sich angesichts der Waldlage vorstellen mag, auf einem Baumstamm oder Erdhügel. Nein – kaum zu glauben – hier stehen zwei Stühle für uns bereit.

Da unser Tourplan ein längeres Verweilen in dieser Stadt nicht vorsieht, muss ich mich damit begnügen, dass mir Jens die Hauptattraktion dieser Gegend in wenigen Sätzen beschreibt. Gespannt lausche ich seinen Worten. Das Begehen der bereits erwähnten ATM-Höhle, der "Höhle des Steinernen Grabes", erfordert einige Zugeständnisse in sportlicher Hinsicht. Neben dem gewöhnlichen Laufen sind auch andere Fortbewegungsarten wie Klettern und Schwimmen gefragt.

Lohn der Bemühungen ist der atemberaubende Anblick eines mit dem Höhlenboden verschmolzenen Skelettes. Der arme Kerl lässt dort in ausgestreckter Körperhaltung die Versinterung über sich ergehen. Je länger man ihn betrachtet, desto mehr drängt sich einem die Vorstellung auf, dass er dabei einen eingefrorenen Schrei ausstößt. Fängt man nun noch an darüber nachzudenken, wie er in diese Lage gelangte, kann man sich eines schaurigen Fröstelns nicht erwehren. Eine tolle Gute-Nacht-Geschichte.

Tag 3: 12.19.16.10.3 2 Ak‘bal 1 Yaxk‘in

Fantastisch – wieder ein angenehmes Erwachen. Es ist bereits hell. Ich habe also länger geschlafen, mein Körper wehrt sich nicht mehr gegen die sieben Stunden Zeitverschiebung gegenüber Deutschland. Jens scheint noch zu schlafen, während ich das Umfeld durch mein Moskitonetz beobachte. Zwar sind wir von exotischen Pflanzen umgeben, aber sowohl in deren Größe als auch in der Dichte des Wuchses unterscheidet sich dieses Fleckchen kaum von einheimischen Laubwäldern mit Büschen und Farnen. Nur hallen hier mir völlig unbekannte Tierschreie durch den Morgen.

Auch wenn ich mich konzentriere, mir Mühe gebe, diese Laute zu identifizieren bzw. zuzuordnen, das kann ich nicht. Ich bin hier in fremder Umgebung. Dennoch stelle ich zufrieden fest, dass mich diese Tiergeräusche nicht beunruhigen. Sogar ein fernes Fauchen, zu dem Jens gelangweilt bemerkt: „Das ist nur ein Jaguar, lass mich noch schlafen“, versetzt mich nicht in Panik. Klar, das ist nicht wirklich ein Jaguar, und gegen kleinere Bedrohungen kann ich notfalls mein großes Messer einsetzen.

Nun sitze ich auf der Flussblick-Terasse, schreibe meine Impressionen auf und stelle gerade fest, dass Jens seinen Schlafplatz bereits abgebaut hat. Das bedeutet Aufbruch zu neuen Abenteuern. Auf nach Guatemala! Ein paar Schritte zu Fuß, eine Taxifahrt mit einem Auto, das weit entfernt von einem TÜV-würdigen Zustand ist, dann erleben wir die Prozedur des Grenzübergangs nach Guatemala. Ich habe es nicht geglaubt, aber es gibt das inoffizielle Eintrittsgeld wirklich. Die Grenzbeamten knöpfen den Touristen üblicherweise 2 US$ ab. Nach einem netten Smalltalk erhalte ich Rabatt und zahle 1 US$.

Von ganz besonderem Charme ist auch das Bushaltestellen-Wartehäuschen. Die freundlichen jungen Frauen lassen mich ihre Toilette nutzen. Zu jenem Zeitpunkt bin ich hinsichtlich des sanitären Niveaus noch nicht auf alles gefasst. Die hinter einem mehr provisorischen als schönen Vorhang versteckte, von deutlichen Gebrauchsspuren gekennzeichnete Kloschüssel erfüllt ihren Zweck. Spülung erfolgt per bereitgestelltem Eimer. Zum Händewaschen – wie dumm – hätte ich wohl vorher das Spülwasser nutzen müssen. Diese Chance war allerdings nun verspielt oder genauer gesagt verspült.

Minuten später sitzen wir im Kombi, wie die Kleinbusse hier genannt werden. Wir freuen uns auf unser Ziel Flores, müssen allerdings noch einige Zeit diese Holperpistenfahrt ertragen. Irgendwann ordentlich mit Asphalt überzogen, verdient unser Weg den Namen Straße. Abschnitte undurchdringlichen Regenwaldes sind am Straßenrand selten zu sehen. Ich erfahre, dass seit einigen Jahrzehnten dieser Bereich Nordguatemalas hauptsächlich von Mayas besiedelt wird, welche durch eifrige Brandrodungen das Land für sich nutzbar machen. Maisanbau und Viehzucht, die Lebensgrundlagen dieser Menschen sind gleichzeitig Totengräber der ursprünglichen Vegetation.

Ich empfinde Bedauern über diese Entwicklung, aber auch Verständnis für jene, die diese verursachen. Der Zustand der Hütten und Grundstücke zeigt, dass dafür nicht Bereicherung, sondern purer Überlebenskampf das Motiv bilden. Damit wurden auch die Jaguare in Richtung Tikal-Nationalpark zurückgedrängt. Das Gespräch über die Jaguare veranlasst mich, in Tikal den dort vorhandenen Campingplatz für die Übernachtung in Betracht zu ziehen. Ich erkläre Jens dabei mit Nachdruck, dass ich sehr großen Wert darauf lege, an der Spitze der Nahrungskette zu stehen. Da mache ich auch keine Ausnahme für die bedrohten schönen Tikal-Großkatzen.

Inzwischen erreichen wir Santa Elena, die „Vorstadt" von Flores. Die engen Straßen sind voller Leben, hier herrscht buntes Markttreiben.

Ich staune darüber, dass mir wohl gerade die Hälfte der Früchte und Gewürze bekannt vorkommen. In großen Töpfen auf Feuern am Straßenrand oder in kleinen Kochnischen stehen vielerlei Speisen bereit. Nicht jedes derartige Angebot erweckt mein Interesse zu kosten, auch wenn ich etwas hungrig bin. Wir brauchen erstmal Geld, gehen in eine Bank und müssen anstehen. „Nimm dein Spielgeld zurück", sagt Jens, während er mir die 50-Euro-Scheine wiedergibt. „Die werden hier nicht genommen."

Nach einem Mittagessen in einem Mc-Donalds-ähnlichen Restaurant laufen wir auf dem Damm zur „Insel der letzten Maya“ hinüber, auf der sich die Stadt Flores befindet. Tatsächlich bestand hier im ehemaligen Tayasal das letzte Maya-Königreich bis 1697. Wir sind überrascht, dass viele Straßen gleichzeitig erneuert werden, quasi die ganze Innenstadt. Nach einer ausgiebigen Dusche im Hotel gehen wir auf die Suche nach einem Internetcafé und nach Tourenanbietern. Das Paket Ceibal-Aguateca-Dos Pilas stellt offenbar kein größeres Problem dar, auch wenn sowohl die Anfahrtmöglichkeiten als auch die Preise sehr stark variieren. Dass wir unterwegs in unserer Hängematte schlafen wollen, verblüfft hier ebenfalls niemanden.

Beim Abendessen im Restaurant „Maya-Sunset“ haben wir einen fantastischen Blick auf jene reizvolle Kulisse, die wohl schon die Maya begeistert haben muss: Sonnenuntergang genau hinter einer kleinen Insel im Lago Petén Itzá.

Ein Bierchen, kulturell aufgewertet durch Gespräche über den Mayakalender, wozu Dieters Restaurant mit den interessanten Mayalandbildern das passende Ambiente bildet, krönt diesen Abend. Zufrieden und müde werfen wir noch einen Blick auf die in der Stadt befindlichen Stelen. Im Licht der Taschenlampe sind die Konturen der Hieroglyphen und Gestalten recht gut zu erkennen, zumindest für Jens. Mir wäre sogar die Emblemglyphe von Tikal entgangen. Moment mal, was macht diese Glyphe überhaupt hier? Gab es Verbindungen … ? Das würde ja heißen, dass die Itzá schon während der klassischen Mayazeit, also auch schon vor dem 9. Jahrhundert, hier waren, oder? Da gehörten sie doch aber eher nach Chichén Itzá …

Auf dem Weg ins Hotel suchen wir einige kleine Läden auf. Wahre Andenkenfundgruben gibt es hier. Jens kennt sogar Läden, wo originale Fundstücke aus der klassischen Mayazeit verschoben werden. Ich kann das nicht gutheißen, forciert doch die Nachfrage danach das Ausrauben der archäologischen Stätten. Wir staunen über die Vielfalt an Mayamotiven auf den angebotenen T-Shirts. In diesen Ladenstraßen kann man stundenlang stöbern.

Schließlich werde ich haltlos und lasse mich von zügellosem Kaufrausch übermannen. Meine im Rucksack befindlichen Klamotten verdoppeln sich fast, da ich für meine Kinder Andenken kaufe: ein T-Shirt, ein großes Handtuch und etwas Jadeschmuck. Diesen kaufe ich bei einer jungen Frau, deren Erscheinung selbst die beste Werbung für Dieters Schmuckladen, in dem sie arbeitet, darstellt. Wir necken sie etwas, indem wir sie zwingen, mit uns ihr lustig klingendes Deutsch zu sprechen.

Ich falle mit dem Gedanken ins Bett. „Kinder, es würde euch auch gefallen, das Mayaland."

Der monotone Brummton des Ventilators bewirkt ein schnelles Einschlafen, während das Gerät seinem eigentlichen Zweck nachkommt und für etwas Erfrischung sorgt. Aber auch das Trocknen der gewaschenen Sachen wird gleichzeitig mit erledigt.

Tag 4: 12.19.16.10.4 3 K'an 2 Yaxk'in

Mein erstes Tagesabenteuer ist ein Toilettengang in der Dunkelheit. Nach bewältigtem Geschäft stehe ich dem nächsten Problem in Gestalt der geschlossenen Zimmertür gegenüber. Es war ja nicht ganz unclever von mir, den Schlüssel mitzunehmen. Aber ich erweise mich als unfähig, das Teil im Dunkeln richtig in das dafür vorgesehene Schloss einzuführen. Energische derartige Versuche veranlassen Jens, mich aus dieser Lage zu befreien.

Kurze Zeit später entschließen wir uns zu einem zeitigen Aufbruch. „Hey, Tikal ruft, ein Traum wird wahr!", rufe ich voller Vorfreude aus – Vorfreude auf jene besondere Mayastadt über die ich im Vorfeld am meisten gelesen bzw. in Filmen gesehen habe. Die Fahrt nach Tikal ist eher unkompliziert: Raus aus dem Hotel, nach ein paar Schritten rein in einen Kleinbus und nach ca. einer Stunde wieder raus aus dem Kombi und hinein in die Anlage von Tikal. Dass wir am Ende dieses Tages weit über 10 km durch das ausgedehnte Gelände gelaufen sein werden, ist mir am Anfang noch nicht bewusst.

Auf unserem Weg gelangen wir zuerst zu einer sogenannten Zwillingsgruppe. Diese besteht aus vier Gebäuden, die angeblich entsprechend der Haupthimmelsrichtungen angeordnet sein sollen. Ein Grund für uns, dies durch GPS-Messungen nachzuprüfen. Meine erste Pyramidenbesteigung erledigt sich auf halber Höhe. Peinlich, aber wahr: Wegen Höhenangst. Wer diese Pyramide des Komplexes Q kennt, wird sich kaputtlachen. Ich muss also diesbezüglich noch trainieren. Auf der Stele im Nordgebäude ist unter anderem das Datum 9.17.0.0.0 zu lesen. „Das kenne ich doch! Das ist ein Finsternisdatum."

Ich freue mich über dieses vertraute Detail, und Jens erklärt, dass diese Zwillingsgruppe des Komplexes Q vermutlich die erste derartige Gruppe war. Anlässlich jedes vollen Katuns (= 7200 Tage ≈ 20 Jahre) sollte ein solches Ensemble gebaut werden. Aber erst seit dem relativ späten Zeitpunkt der klassischen Zeit 9.17.0.0.0 (24.1.771 gregorianisch) geschah dies. Dadurch ist es nicht verwunderlich, dass es nur 5 oder 6 solcher Gruppen gibt. Dann war nämlich Tikals Uhr abgelaufen.

An dieser Stelle sollte ich vielleicht eine kurze Erklärung der Langen Zählung einfügen. Dabei handelt es sich einfach um die in der klassischen Mayazeit gebräuchliche Zählung der Tage. Zwei Dinge muss man dabei wissen: 1. „Wann war der erste Tag?" und 2. „Wie wird gezählt?" Zu Frage 1: Die Zählung begann am 13. August 3114 v. Chr., wie in „Faszination 2012 –

Das Buch zum Mayakalender“ erörtert. Zu Frage 2: Seit jenem Tag sind in unserem Zahlensystem bis heute 1870764 Tage vergangen. Aber die Maya schreiben solche Zahlen anders. 1870764 ergibt umgerechnet ins Mayasystem

$$12 \times 144000 + 19 \times 7200 + 16 \times 360 + 10 \times 20 + 4$$

= 12 Baktun + 19 Katun + 16 Tun + 10 Uinal + 4 Kin

Kurz geschrieben: Heute ist der Tag 12.19.16.10.4 der Langen Zählung. Das weiter oben genannte Datum 9.17.0.0.0 bedeutet also 9 Baktun und 17 Katun. Genaueres zur Langen Zählung und zur Mayamathematik steht im erwähnten Kalenderbuch.

Allgegenwärtig sind auch die „heiligen Zahlen“ bzw. kalenderrelevante Zahlen. Z.B. besteht die Ostpyramide aus 5 Ebenen. Da es jeweils 4 Ecken gibt, erhalten wir als Produkt die Zahl 20, die Anzahl der heiligen benannten Tage des Tzolkin-Kalenders. 9 davor stehende Stelen und 9 Altäre ergeben 18, die Anzahl der großen Haab-Monate. Da ich hier kein Mathebuch schreiben will, höre ich erstmal auf mit solcherart Zahlenspielereien. Wenn man sich darauf konzentriert, findet man immer wieder für die Maya bedeutsame Zahlen im Kontext der Architektur.

Auf unserer Route durch weitere dicht bewachsene bauliche Strukturen wird unsere Betrachtung alter Steine durch eine Affenhorde aufgelockert. Als wir schließlich Tempel 4 erreichen, durchströmt mich ein Gefühl besonderer Ehrfurcht. Da steht es nun vor mir, das höchste freigelegte Bauwerk der Mayawelt! Eine gut ausgebaute Treppe, umgeben von schützenden Bäumen, eröffnet auch dem bezüglich von Höhen extrem sicherheitsbewussten Mayalandbesucher die Möglichkeit, die Rekordpyramide zu erklimmen.

Um das Gepäck nicht mit hochtragen zu müssen, gehen wir jeweils allein hinauf. Erstmal unten auf Jens wartend, fasse ich den festen Entschluss, bis ganz oben zu steigen. Tatsächlich habe ich bis zur letzten Stufe das Gefühl, durch einen Wald zu laufen. Oben angekommen steht dann die Frage, ob man sich von der Treppe entfernt, um einen der wunderbarsten Ausblicke über Tikal genießen zu können. Oder man muss sich, wie ich, mit einem Ausschnitt dieser Aussicht begnügen. „Klasse, dass ich hier oben stehe“, denke ich stolz.

Fotografieren geht allerdings von diesem Standpunkt mehr schlecht als recht. Die angestrebte GPS-Messung in Pyramidenmitte hatte zum Glück Jens bei seinem Aufstieg getätigt. Mir bleibt auch nicht viel Zeit betrübte Gedanken zu entwickeln, da mich der jetzt einsetzende Regen wieder herunterzugehen zwingt. Unter einem der für solche Zwecke vorhandenen Dächer bleiben wir trocken und überbrücken die Wartezeit mit einem Pausenbier. Das

„Panamerikana-Ehepaar", Wohnmobilabenteurer mit Start auf Feuerland und Ziel Alaska, gibt uns in einem netten Gespräch GPS-Tipps, bevor es für uns weitergeht zum Komplex „Mundo Perdido".

Diesmal sind es nicht vordergründig Zahlen, sondern Formen, die mein Interesse wecken, auch wenn die 73 Stufen der Hauptpyramide eindeutig die Anzahl der Tzolkin-Jahre in einer vollen Kalenderrunde repräsentieren. Dass Schmetterlinge und Regengottaugen Einflüsse der nahe dem heutigen Mexiko-City gelegenen damaligen Metropole Teotihuacan verraten, finde ich total spannend. Die Eroberung Tikals 378 ist mir schließlich bekannt.

Völlig neu dagegen ist dafür die Information von Jens, dass sich unter der großen Mundo-Perdido-Pyramide ein kleines Bauwerk aus der Zeit um 600 v. Chr. befinden soll. Ein echter Knaller! Das sind immerhin 900 Jahre mehr auf dem Zeitstrahl zurück als die früheste mir bekannte Tikal-Inschrift auf Stele 29 von 292, die meist auch als Startschuss für die klassische Mayazeit herhalten muss. Wegen eines Unfalls im letzten Jahr darf die 33 Meter hohe Mundo-Perdido-Pyramide nicht mehr bestiegen werden, obwohl sie für mich lange nicht diese Bedrohlichkeit ausstrahlt wie die viel steileren Pyramiden 1 bis 5.

Unser Weg führt uns dann weiter zum „Platz der sieben Tempel". Hier heißt es wieder Messungen vorzunehmen, um mithilfe einer von mir für diesen Zweck entwickelten Software zu belegen, dass die Maya den Sonnenaufgang zum Sommeranfang und zum Winteranfang verbastelt haben.

Vom gegenüberliegenden Gebäude aus beobachtet, sollen diese Erscheinungen genau an den Rändern der Pyramidenzeile auftreten. Auf einer Seite muss ich über ein Baustellengelände klettern, wobei ich jeden freundlich grüße und dabei hoffe: „Bloß nicht wieder einen Platzverweis einhandeln." Komisch, meine Anwesenheit und meine eifrige Notizenführung scheinen die Arbeiter in ihrem Eifer zu beflügeln. Okay, ich werde als Kontrolleur gedeutet und fliege nicht heraus.

Weiter geht's zum Tempel 5. Der Aufstieg bleibt hier nur Jens vorbehalten, der mit der sehr steilen, wackeligen Leiter kein Problem hat. Da er zu dieser Zeit der einzige Pyramidenkletterer ist, möchte ich an dieser Stelle bemerken, dass wir bisher sehr wenigen weiteren Touristen begegneten, was wohl der Schweinegrippenpanik geschuldet ist. Diese Einsamkeit, die wir als angenehm empfinden, ruiniert Bereiche der Tourismuswirtschaft.

Dass der weitere, ebenfalls menschenleere Weg stetig bergan verläuft, nehme ich nicht so bewusst wahr. Auch dass wir letztlich eine Treppe heraufzusteigen haben, schlucke ich ohne Wertung. Schließlich eröffnet sich dann ein fantastischer Blick in einen der Innenhöfe der zentralen Akropolis.

Hier saßen die Herrscher und blickten auf ihr Anwesen herab. Auch ich nehme auf einer solchen Bank Platz – ein wahrhaft herrliches Gefühl. Mit etwas Fantasie kann man sich das Leben am Hofe vorstellen. „Hier wurde sicherlich auch ordentlich gefeiert“, vermute ich. „Davon kannst du ausgehen“, bestätigt Jens.

Der Exklusivität dieses Ortes war sich auch der berühmte Mayaforscher Theobert Maler bewusst, als er seinen Namen genau neben dem offensichtlich bedeutendsten der Sitzplätze in die Wand ritzte. Beim Lesen des Namens kommt dieses Gefühl der Bewunderung der Leistungen und Erlebnisse jener ersten Entdecker auf, die sich damals unter ganz anderen Bedingungen, quasi ohne Infrastruktur, durch den Dschungel kämpften und von Vegetation überwucherte Ruinen vorfanden. Der letztgenannte Umstand bedingte, dass jedem Foto Malers ein gewaltiges Maß an Vorbereitungsarbeiten vorausging.

Nach dem Durchlaufen der zentralen Akropolis wird auch klar, warum Jens jeden hierher getätigten Berg-auf-Schritt beschmunzelte. Von den Höfen aus durch die umgebenden Mauern noch nicht sichtbar, hat man nach Passieren der Ausgänge ringsherum eine sehr schöne Aussicht. Höhe, die beeindruckt! Man sieht zum Beispiel auf die zentrale Plaza herab. Dies ist das aus Büchern und Filmen bekannte Herz von Tikal. Hier stehen sich die großen Pyramiden Templo 1, „Tempel des Jaguar“ und Templo 2, „Tempel der Masken“, gegenüber.

Während Jens Tempel 2 besteigt, plaudere ich mit einem Wachmann. Als jener mir die Beobachtung eines wunderschönen Sonnenuntergangs von Tempel 4 aus vorschlägt, lehne ich barsch ab. Ich habe die Befürchtung, dass er mich der Absicht überführen will, im Tikal-Park nach dem Schließen um 18 Uhr campieren zu wollen. Jens meint später, dass sich der Wachmann mittels solcher Angebote ein zusätzliches Taschengeld einspielte.

Nachdem wir alle für uns relevanten Messwerte im Kasten haben, machen wir einen Abstecher zu der nicht weit entfernt gelegenen Pyramide 3, um auch hier zu messen. Zurückgekehrt zur zentralen Plaza lenkt Jens meinen Blick auf besondere Details der hier angrenzenden Nordakropolis. Er zeigt mir erst eine freigelegte große Maske. Dann betrachten wir eine Stele, wo der Name des bedeutenden 26. Herrschers von Tikal, „Himmels-Standarte“, Erbauer der Pyramiden 1 und 2 sowie der Name seiner Frau „12 Papagei“ verewigt sind.

Pikant: Der Herrschername geistert noch in falsch gelesener Version als „Kakao-Mann“ durch einschlägige Literatur. Für mich persönlich richtig spannend ist die Stele mit dem geheimnisvollen „Riesen-Datum“. Ausgeschrieben als 1.11.19.9.3.11.2.x (x ist fraglich) haben wir drei mysteriöse Stellen, nämlich 1.11.19, vor dem üblichen Beginn der LongCount-Zahl mit 9 Baktun. Über Sinn und Bedeutung dieser führenden Stellen, die das Datum zu einer Zahl astronomischen Ausmaßes anwachsen lassen, führe ich ausgiebige Diskussionen mit Jens, die hier zu weit führen würden. Nur soviel sei angedeutet: „Vergangenheit vs. Zukunft“, „lineare vs. zyklische Zeitauffassung“… Wir äußern uns anderweitig ausführlich dazu.

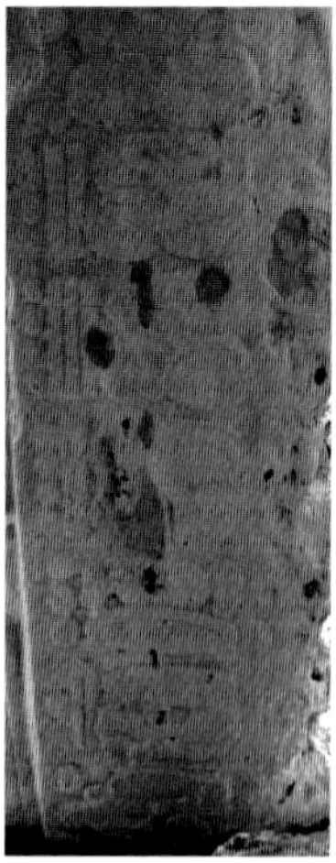

1	Kinchilun
11	Calabtun
19	Pictun
9	Baktun
3	Katun
11	Tun
2	Uinal

Jenseits der Baktun kann man also weiterzählen.

Nach diesem Genuss wollen wir auch noch zu Tempel 6, was von dem jetzigen Standort ausgehend eine ausgedehnte Wanderung darstellt. Wir haben also Zeit, einige Tikalfragen zu klären. In der Antike existierte eine Handelsroute vom Lago Petén Itzá über eine Kette weiterer Seen und Flüsse bis zur Karibik. Das Tikal-Hochplateau begünstigte astronomische Beobachtungen. Die Richtung zum Victoria-Peak, dem zweithöchsten Berg in Belize, weist zum Sonnenaufgang am Tag der Wintersonnenwende.

Kalksteinvorkommen, Wasserbeckenmöglichkeiten usw. erweitern die Liste günstiger Bedingungen, so dass sich Tikal zu einer Metropole mit wahrscheinlich mehr als 80000 Einwohnern entwickeln konnte. Über 30 Könige lösten sich seit dem ersten Jahrhundert ab, wobei der bereits erwähnte 26. Herrscher, Hasaw Chan K´awil, ca. 700 eine Periode besonderer Entwicklung anführte. Bedeutende Bündnisse bestanden mit Copan und Palenque, während Calakmul, Caracol, Dos Pilas und weitere den Gegenblock bildeten. „Diese Stadt muss man als Mayafreund besucht haben", lautet unser gemeinsames Fazit. Wir sind ganz allein hier hinten am Tempel 6, sieht man mal von den Klammeraffen ab. „Wo kommt denn das Regenwasser plötzlich her?", frage ich überrascht. Jens meint amüsiert, die Affen hätten eventuell uriniert, um mich zu vertreiben. Geruchsproben können dies zum Glück nicht bestätigen. Ein erlebnisreicher Tag neigt sich dem Ende zu, weshalb wir in Richtung Ausgang aufbrechen. Dadurch, dass die Sonne schon relativ tief steht, wirkt der Regenwald merkwürdig dunkel. Jens, der Tikal-Kenner, ist sich nicht sicher, ob wir den richtigen Weg erwischt haben. Haben wir, stellen wir bald erleichtert fest.

Die Toilette und die Dusche auf dem Campingplatz können wir nur bedingt nutzen. Es ist schon zu dunkel und die Lampen sind defekt. Wir wollen essen und haben die Wahl zwischen drei geschlossenen Restaurants. Ohne Touristen läuft hier natürlich nichts. Ein Restaurant öffnet nach Anfrage für uns. Mit Speise und Bier sind wir zufrieden. Die Toilette kann auch hier nur mit Stirnlampe aufgesucht werden. Spätestens jetzt verstehe ich, warum Jens so großen Wert darauf legt, immer eine Lampe am Mann zu haben. Manchmal ermöglicht erst die Lampe, ganz normalen Bedürfnissen nachzugehen, speziell auch den dringenden. Auf dem Weg zur Hängematte bringe ich meinen Stolz darüber zum Ausdruck, ganz Tikal an einem Tag besichtigt zu haben. „In dieser Hinsicht muss ich dich enttäuschen", heißt die Reaktion von Jens. Mein letzter Gedanke des Abends in der Hängematte geht in die Richtung: „Toller Tag. Sicherer Schlafplatz."

Tag 5: 12.19.16.10.5 4 Chikchan 3 Yaxk'in

Die Nacht war wieder recht angenehm. Zumindest bis zur eintretenden Morgendämmerung, wo sich einige Vögel ein Lautstärkeduell mit entfernten Brüllaffen zu liefern scheinen. Dafür bleibt die hier durchaus übliche Szenerie aus dem Regenwald emporsteigender gespenstischer Nebelschwaden aus. Seit es hell genug ist, schreibe ich einen Tagebucheintrag, während Jens mit einem Skorpion spielt. Die kleine Giftkreatur unter meiner Hängematte soll ordentlich in Pose gebracht werden für ein schönes Foto.

Nun, tödlich ist ein Skorpionenstich in der Regel nicht, aber sicherlich unangenehm, lähmt er doch zum Beispiel die Zunge. Das käme uns aber gerade sehr ungelegen, dann hätten wir uns nämlich nicht über das merkwürdige Verhalten der unweit entfernt campierenden Deutschen lustig machen können. Deren heftig aufgeregtes Agieren zeigt uns an, das auch sie Kleintierbesuch in ihrem Zelt haben.

Der Kampf unserer Nachbarn um Leben und Tod gipfelt im Zusammenbruch ihrer Behausung, welche sie halb nackt und laut schimpfend kriechenderweise verlassen. Diese Vorstellung genießend, packen wir unsere Sachen und brechen dann auf. Als Konsequenz der letzten Erfahrungen laufe ich nicht barfuß über diese Wiese wie gestern, sondern trage meine Sandalen und untersuche den Weg vor jedem Schritt mit aufmerksamen Blicken.

Nach dem Frühstück besuchen wir die zwei Tikal-Museen. Im ersten Museum kann man Fotos aus der Geschichte der Freilegung und Restaurierung der Tikal-Bauwerke, viele interessante Keramikteile und Knochen mit Einritzungen betrachten.

Irgendwo habe ich doch dieses Kanu mit dem Maisgott und seinen Kumpels schon einmal gesehen. Ja klar, im Restaurant „Maya-Sunset“ an der Wand!

Am spannendsten sind für mich die Stele mit der frühen Inschrift aus dem Jahre 292 sowie eine weitere Stele, die etwas über die Herrscher unmittelbar nach der Eroberung von 378 aussagt. Ich notiere das Datum 9.0.10.0.0 7 Ahau 3 Yax, was dem 19.10.445 im gregorianischen Kalender entspricht. Hinter der Langen Zählung folgt die so genannte Kalenderrunde, bestehend aus dem Datum im heiligen 260-Tage-Kalender „Tzolkin“ und dem Datum im 365-Tage-Kalender „Haab“. Die Stele erwähnt den Herrscher „Sturmhimmel“, dessen Vater „Neues Krokodil“ sowie wiederum dessen Vater, den Eroberer aus Teotihuacan „Speerschleuder-Schild“. Natürlich darf ich nicht vergessen, auf das im Museumsgrab originalgetreu nachgestellte Königsgrab hinzuweisen.

Im zweiten Museum notiere ich mir die runden Daten aller „Katun-Stelen“ und „Katun-Altäre“, die ich finde. Alle diese Daten weisen die Form 8.x.0.0.0 oder 9.x.0.0.0 auf. Außergewöhnlich finde ich die Jahre kurz vor 379, in denen es schnell aufeinanderfolgend 3 Könige gab: „Jaguartatze“, „Rauchfrosch“ und „Neues Krokodil“. Diese kurzen Regierungszeiten sind außergewöhnlich. Was war hier los? Mein Erklärungsversuch: 378 wurde Tikal von

„Speerschleuder-Schild" aus Teotihuacan erobert. Der Kopf von „Jaguartatze" rollte. „Rauchfrosch", ein Sohn von „Speerschleuder-Schild", wurde auf den Thron gesetzt. Dieser wiederum wurde ein Jahr später von seinem Bruder „Neues Krokodil" abgelöst. Sollte ein fachkundiger Leser hier besser Bescheid wissen, möge er mir die Korrektur oder Ergänzung bitte mitteilen.

Schließlich beschäftige ich mich noch mit dem legendären 26. Herrscher von Tikal, dem Erbauer der Pyramiden 1 und 2. Eine auf ihn bezogene Inschrift enthält die Daten 9.12.10.0.0 und 9.15.3.0.0. Damit ist der Zeitraum vom 10.5.682 bis 6.8.734 gemeint. Es handelt sich hier um eine typische Boomzeit im gesamten Mayatiefland, wie etwa auch in Yaxchilán und Palenque. Ich möchte mich hier nicht weiter zu speziellen Details äußern.

Kalender- bzw. Datumsinschriften-Freunde können sich hier im Museum richtig austoben. Austoben können sich draußen die Fußballer. Ja, richtig gelesen, hier ist ein Fußballplatz. Toll, ich wäre sicher ein Fan des „1. FC Tikal". Aber ich vermute mal, dass hier eher Kindergruppen Wartezeiten überbrücken können. Der Platz befindet sich schließlich genau zwischen

Museum, Restaurants und vor allem dem großen Parkplatz. Von letzterem kommen wir recht schnell, also ohne großartige Wartezeiten, von Tikal wieder weg in Richtung Flores.

Angekommen in Santa Elena gehen wir sehr landestypisch speisen: Tacos in einem der Markt-„Restauräntchen". Zusammen zahlen wir für uns beide ca. 1 €. Sehr anstrengend ist das Umtauschen von Euros in Quetzales. Man suche die einzige Bank „Continental", die sich dieser schwierigen Aufgabe angenommen hat. Dann reiche man die Euro-Scheine durch das Schalterfenster, worauf eine Prozedur unter Beteiligung mehrerer Bankangestellter anläuft. Diese erstreckt sich, angefangen mit Passstudium, einiger diesbezüglicher Rückfragen sowie einer darauffolgenden ausgedehnten Computerbefragung mit entsprechender Dateneinfütterung, etwa über einen Zeitraum von 20

Minuten. Als Finale des komplexen Ablaufes erhalte ich tatsächlich das lang erwartete Geld zusammen mit einem Beleg, ausgestellt auf den Namen „Mario Deutsch".

In Santa Elena bzw. Flores fährt man Tuk Tuk. Dies ist ein dreisitziges Kleintaxi. Je nach Beschaffenheit der Straße hat man großen oder sehr großen Spaß dabei, die Rüttelmassage ist inklusive. Keine noch so enge Gasse mit viel Gefälle oder Steigung und erst recht kein Holperpflaster oder Riesenloch hält diese Rennpistolen auf. Unser Chauffeur fürchtet sich offensichtlich vor gar nichts, was ich für meine Person angesichts harter Stöße und beunruhigender Schräglage stellenweise ganz anders empfinde.

Am Nachmittag kümmern wir uns um die nächsten Touren. Anbieter gibt es wirklich viele und es ist für jeden Geschmack etwas dabei. Auch für uns Waldschläfer. Es lohnt sich zu vergleichen und Entscheidungen noch einmal zu überschlafen. Die Kenntnisse und letztlich auch die Ehrlichkeit eines Agenten ermuntern uns, zuerst eine Fahrt nach Narajo zu buchen. Diese Mayastadt ist insbesondere in der Regenzeit schwer zu erreichen und touristisch nicht erschlossen. Wir vereinbaren deshalb auch lediglich den Versuch, hinzufahren. Ich fühle mich herausgefordert, dieses Abenteuer durchzuziehen. Nur habe ich zu diesem Zeitpunkt noch keine Ahnung, was da auf uns, aber besonders auf Chauffeur und Auto, zukommt. Hinsichtlich der Ceibal-Aguateca-Dos Pilas-Tour müssen wir erst weitere Informationen sammeln und Angebote einholen. Unsere Beratungen setzen wir am Abend in Dieters Restaurant „Yaxhá" fort. Salud amigos. Buenas noches.

Tag 6: 12.19.16.10.6 5 Kimi 4 Yaxk'in

Wir müssen zeitig los, um die Frau „Sechs Himmel" in Naranjo zu überfallen. Sie war es schließlich, die mit ihren Überfällen, unter anderem auf Tikal, wo sie sogar adlige Beute machte, die kriegerischen Auseinandersetzungen forcierte. Tikal startete einen Rachefeldzug gegen den Erzrivalen Calakmul. Der Fall Calakmuls motivierte weitere Fürsten, eine Neuordnung der Machtverhältnisse zu ihren Gunsten, natürlich durch Kriegszüge, zu entscheiden. Frau „Sechs Himmel" hat damit maßgeblich zur inneren Aufreibung des Mayareiches beigetragen, möglicherweise lieferte sie tatsächlich den Anlass dieses Chaos. Selbstverständlich haben neben dem Krieg auch andere Faktoren wie Überbevölkerung der Städte insbesondere durch zu viele durchzufütternde Adlige, Dürrezeiten und ausgelaugte Böden usw. den Zerfall der meisten Stadtstaaten begünstigt.

Der Weg selbst ist erwartungsgemäß die erste Attraktion. Ich denke unterwegs abwechselnd: „Schlimmer kann's nicht kommen", „Jetzt müssen wir aufgeben und umdrehen" und „Bloß gut, dass wir hier unbeschadet durchgekommen sind." Der Amigo, der uns chauffiert, ist ein Kämpfer. Total konzentriert wuchtet er den Toyota durch locker knietiefe Schlammlöcher und Schlammspuren. Völlig unbeeindruckt nimmt er dabei Rempler mit Bäumen und Steinen in Kauf. Abgebrüht und absolut knallhart! Ich für meinen Teil, durchgerüttelt und mehrfach hart gestoßen, habe arge Befürchtungen in Richtung Verletzungen und gravierender Autoschäden. Jetzt, beim Eintippen des Tagebuches, kann ich mir auch schon nicht mehr richtig vorstellen, dass ich keine Chance hatte, zu fotografieren und oder zu filmen. Ich hatte keine Hand frei, nein, ich hatte Angst.

Wir erreichen Naranjo. Unversehrt! Die Strapazen haben sich gelohnt. Auf meiner Hitliste der interessantesten Mayastädte liegt Naranjo mit an der Spitze. Der ganz besondere Reiz liegt für mich einfach in der Vielzahl eng beieinanderstehender großer Pyramiden, die noch im ursprünglichen überwachsenen Zustand als Waldzipfelmützen dastehen. Ein genauer Blick hinter die Kulissen der bearbeiteten Stellen offenbart Mauern, die noch teilweise im Griff kräftiger Baumwurzeln gefangen sind. Dort muss gebuddelt, gesägt, gesiebt und gemauert werden – Archäologie und Restauration live. Genau sowas wollte ich erleben. Schade, dass heute nicht gearbeitet wird. Somit durchstreifen wir ganz allein das parkähnlich anmutende, aufgeräumte Arial und haben Zeit für Blicke auf Flora und Fauna. Ich sehe mich vor, nicht wieder Opfer einer Pinkelattacke eines Wachaffen zu werden. Albern, oder?

Ich hätte lieber nach unten sehen sollen. Dann wäre mir die gelbschwarze Riesenspinne Modell „Borussia Dortmund" auf meinem Fuß erspart geblieben. Hier ist das Foto von einem derartigen Exemplar. Zur Erinnerung: Ich habe lediglich Sandalen an. „Hau bloß ab!", schimpfe ich, während ich mit einem Blatt vorsichtig nachhelfe. Im Bewusstsein, dass es hier auch giftige Krabbeltiere gibt, beschließe ich: „Ich gehe nur noch auf Wegen." Jens antwortete kurz und trocken: „Hier gibt's doch kaum Wege." Stimmt auch wieder, wir sind ja mitten im Wald. Von jetzt an bleibe ich gelegentlich stehen und warte, um Jens seinen Drang, durch das Gebüsch zu kriechen, ausleben zu lassen. Er macht dabei übrigens tolle Fotos von den Pyramidenbergen herab.

Einmal lasse ich mich am Feuerplatz der Archäologen nieder. Ich habe genug Zeit, darüber nachzudenken, was sich hier abspielt, wenn die Akteure anwesend sind. Hier wird geplaudert und diskutiert. Hier wird gegessen und getrunken. Nur was da genau auf den Tisch kommt, vermag ich mir nicht vorzustellen. Auch wie groß dieses Team ist, wie viele Männer und Frauen aus welchen Ländern dazugehören, keine Ahnung. Wichtig ist für mich, in diesem Augenblick an dieser Archäologen-Pausenstelle zu sitzen. Die Schlafplätze befinden sich eine halbe Stunde Fußmarsch von hier entfernt in den zu diesem Zweck errichteten Baracken.

Jens klettert wieder. Diesmal an einer Liane. Für den „Tarzan" erhält er von mir schlechte Haltungsnoten. Ich finde es sehr spaßig, als ihm die Liane auf den Kopf fällt. Auf dem Rückweg zum Barackenlager, wo auch unser Fahrer wartet, deutet Jens gelegentlich nach unten. „Keramikscherben, die liegen hier einfach so rum. Mitnehmen dürfen wir sie aber nicht." Wir stellen uns lebhaft und amüsiert vor, was die Maya aus den Trinkbechern zu sich genommen haben. „Die tranken wohl noch einiges mehr als du." meint Jens. „Aber nicht jeden Tag, oder?" „Mit Sicherheit ziemlich oft."

Weniger lustig ist dann die Rückfahrt. Unterwegs wird mir klar, warum Jens immer das gesamte Gepäck dabeihaben will. Im Falle des Scheiterns der Rückfahrt wären wir wohl notfalls gelaufen. Dank der besonderen Fähigkeiten des Fahrers kommen wir aber durch bis zur Straße. Ein Reifen ist kaputt, ein paar Beulen sind dazugekommen. Das ist bedauerlich, aber nicht unser Problem.

Der späte Nachmittag ist dann dem Wäschewaschen und einigen Internetaktivitäten vorbehalten, um dann zu Dieter zu gehen und die für morgen geplante Ceibal-Fahrt abzusprechen. „Ich mache euch einen Vorschlag", empfängt uns Dieter. „Okay, was liegt an?" „Morgen geht's für euch erstmal nach Yaxhá und nach La Blanca." Vielleicht überrumple ich Jens ein bisschen, als ich zusage. Er kennt Yaxhá bereits, findet es aber so gut, dass er es gern noch mal besucht. Während nun Jens noch seine Tagebuchaufzeichnungen tätigt, genehmige ich mir zum Gallo-Bier einen guten alten Tequila. Ist auch eine gute Gelegenheit, Dieters Restaurant-Koordinaten festzuhalten: 16° 55,746' n. B. und 89° 53,437' w. L. Wenn ich jetzt sage: „Hasta mañana en Yaxhá" stimmt das im doppelten Sinne: „Bis morgen" in dieser Mayastadt und am Abend im so genannten Restaurant.

Aufgrund unserer Planänderung brauchen wir noch mal Quetzales. Für mich scheitert die Geldbeschaffung zuerst am kaputten Automaten und dann im Hotel, wo man mir nur den Dollarkurs anbietet. „Abzocker!" Übrigens steht auf den Geldscheinen in Guatemala der Wert auch als Mayazahl.

Tag 7: 12.19.16.10.7 6 Manik‘ 5 Yaxk‘in

Der Himmel sieht noch so grimmig grau aus wie gestern. Stört uns das? Eher nicht. Auf geht's zu neuen Entdeckungen! Im Kleinbus nach La Blanca und Yaxhá ist eine tolle Truppe zusammengekommen, auf unserer Tour die erste geführte Reisegruppe, der wir angehören. Gesprochen wird englisch. So können wir uns während der Fahrt über die wichtigen Dinge dieser Welt unterhalten. Neben mir sitzt eine Paartherapeutin aus dem Grenzgebiet zu Canada. Ihre Ausführungen sind für mich gleichermaßen unterhaltsam und lehrreich. Ebenso wertvoll sind für mich die Erläuterungen unseres Guide.

La Blanca ist größenmäßig das Gegenteil von Tikal, nämlich ganz niedlich. Der Herrscherpalast ist mit seinen Dimensionen angemessen für den sehr kleinen Ort. Okay, man sollte nicht überall Superlative erwarten. Derart angepasst in meinen Ansprüchen lausche ich den Ausführungen des Guide. „Look at these graffities.“ Oh ja, originale Ritzungen! Jens nimmt seine Lampe, um mit Seitenlicht und daraus resultierenden Schatten die Graffitis besser erkennbar zu machen. „Genial!“ So etwas habe ich noch nicht gesehen. Menschen, Tiere und Pyramiden, vor über tausend Jahren in die Wand geritzt. Einfach super. Das kleine La Blanca hat seine Sensation.

Dass unsere kleine Gruppe bei einer Mayafamilie zu Mittag isst, ist sicherlich beiderseitig vorteilhaft und hat für mich einen besonderen Reiz. Ich profitiere auch von der Anwesenheit zweier Vegetarierinnen. Uns umgeben einige fröhliche Kinder, die uns neugierig begutachten. Sie scheinen sich in ihrer Welt wohl zu fühlen, ganz ohne Gameboys und Computerspiele. Stattdessen stellt ein kleiner Hund das momentane und für mich verblüffend geduldige Spielzeug dar. Unser Fahrer demonstriert das ultraschnelle Einschlafen in einer Hängematte. Dass dieser Zustand alles andere als lautlos ist, amüsiert alle Anwesenden.

Yaxhá ist wesentlich größer als La Blanca. In der Präklassik konnte sich diese Stadt sogar mit Tikal messen. Der immer wieder einsetzende Regen erschwert unsere Besichtigung. Die Stufen der Pyramiden sind sehr glitschig. Ich nehme allen Mut zusammen, um mit unserem Guide eine Pyramide zu besteigen. Vier Stufen unter der Spitze bleibe ich sitzen und blicke auf ein geschmackvoll bebautes Umfeld herab. Wieder unten angekommen, entdecke ich einen Grabungsschacht, der mehrere Schichten aus früheren Zeiten ans Tageslicht bringt.

Ich nehme eine zum Fotografieren dieser spannenden Öffnung geeignete Stellung ein… „Au! Hier sticht mich etwas! Au! …“ Kleine rote Biester! Ameisenalarm! Heute, das erste Mal mit einer langen Hose und sogar Socken bekleidet, habe eben deshalb nicht bemerkt, dass mich einige Dutzend solcher Angreifer überrumpeln wollen. Da hilft nur eins: Socken und Hose schnell ausziehen, bevor empfindlichere Körperstellen erreicht werden. Auf diese Art selbst zur Attraktion geworden, stehe ich, umringt von den selbstverständlich belustigten Damen, ziemlich dumm da. Der Guide befreit mich aus dieser peinlichen Situation, indem er in eine andere Richtung zeigt und schmunzelnderweise irgendwas zu erklären beginnt.

Sieh an, auch Yaxhá hat eine solche Zwillingsgruppe, wie ich sie aus Tikal kenne. Sie stammt sogar aus vergleichbarer Zeit. Aber zwei Dinge stimmen hier nicht: 1. Die Ausrichtung passt nicht genau zu den Himmelsrichtungen - nach meinem Kompass am GPS-Gerät ca. 15° Abweichung. Oh Mann, das riecht nach 285°-Ausrichtung zum Sonnenaufgang am 13. August wie in

Izapa! Das wäre eine tolle Bestätigung für unsere Auffassung vom Nulldatum des Mayakalenders. 2. Die Stele hat kein hinsichtlich voller Katuns rundes Datum. Das ist ungewöhnlich.

Wir besteigen dann die große Pyramide, um die atemberaubende Aussicht über Stadt und Landschaft zu genießen. Die Treppe ist ja okay, aber auf die Plattform komme ich nicht mit. Auf keinen Fall! Der letzte Satz sagt wörtlich das aus, was die überzogene Wahrnehmung des Höhenangsthasen bedingt. Was kann man gegen diese Angst machen? Trainieren? Mental vorbereiten? Ich probiere es noch einmal wild entschlossen und schaffe es. Na gut, ich stehe zwar mit beiden Füßen auf der Plattform, aber ich komme von der Treppe nicht weg. Meine Hände klammern sich krampfhaft an das Treppengeländer. Auch mir wird nun die Erfahrung zuteil, dass Yaxhá fantastisch oberhalb des gleichnamigen Sees liegt. Ein beeindruckendes Bild, das wir alle mitnehmen.

Auch hier in Yaxhá gibt es einige Konstellationen von Gebäuden, die dem Zweck astronomischer Beobachtungen, insbesondere der Sonnenobservation dienen. Was die Ermittlung passender Ausrichtungen einzelner Bauwerke anbelangt, nutzten die Maya Modelle. Klar, das überrascht nicht wirklich, aber hier in Yaxhá wurden derartige Teile aus Holz gefunden. Das wiederum ist für mich absolut stark. Es ist ein Beleg dafür, dass der

Berufsstand des Architekten in der Antike mit heute noch üblichen Methoden arbeitete. Ich verlasse Yaxhá mit dem Gefühl, hier viel zu kurz gewesen zu sein. Zwei oder drei Stunden hätte ich wenigstens noch gebraucht, um die Stadt besser kennenzulernen und einige interessante Messungen durchzuführen. Wir sind aber an unsere Gruppe gebunden, für die jetzt die Rückfahrt nach Flores angesagt ist.

Beim Einspielen von Daten ins Internet gibt's plötzlich einen floresweiten Stromausfall. Darauf gehen Jens und ich mit der Stirnlampe bewaffnet, begleitet vom Lachen der Kinder, die uns so sehen, durch die stockdunklen Straßen zu Dieters Restaurant. Dort lassen wir zusammen mit einigen Mitgliedern der Yaxhá-Gruppe mit Bier und lustigen Gesprächen den Abend ausklingen. Dass wir dabei nur Kerzenlicht haben, empfinden wir natürlich nicht als Nachteil. Abschließend ein Tipp für deutsche Wirte: Dunkelheit steigert den Umsatz. Offenbar ist dunkle Luft trockener als helle. Die Gläser bzw. Flaschen sind jedenfalls viel schneller leer als sonst. Salud!

Sieh an, Speisekarten. Deren Inhalt wird im Blitzlicht der Kamera kurz sichtbar. Hätten wir nicht unsere eigenen Lampen, wäre eine wahrhaftige Blitzentscheidung erforderlich gewesen. Das Tun der Köchin wirkt sehr grotesk, springt sie doch, mit einer Taschenlampe bewaffnet, zwischen ihren Töpfen aufgeregt umher. Immerhin, dem „Buen apetito“ steht nichts im Weg!

Tag 8: 12.19.16.10.8 7 Lamat 6 Yaxk‘in

Wie immer sehr zeitig wach, gehe ich duschen. Übrigens ist die Dusche eine jener Annehmlichkeiten unseres Aufenthaltes in Flores, die ich bewusst mit Freude nutze. Als ich ins Zimmer zurückkomme, sagt Jens, dass unser Fahrer nach Sayaxché schon wartet. Eine Stunde zu früh! Wir beeilen uns und brechen auf. Bis Sayaxché fahren wir durch eine Landschaft, wo die Berge wie Pyramiden aussehen. Aber tatsächlich genauso. Angekommen am Rio de La Pasión, sehen wir Sayaxché am gegenüberliegenden Ufer. Auf mich wirkt dieser Ort nicht sonderlich einladend. Vorerst passieren wir Sayaxché ohne Aufenthalt, nachdem wir mit der Fähre den Fluss überquert haben.

Hinter Sayaxché gleicht unsere Fahrt einem Ausflug in die Vergangenheit. Die Mayadörfer haben nichts vom uns bekannten Lebensstandard abbekommen. Alles ist einfach, klein, versunken in Schlamm und Staub. Das dunkle Holz der Hütten wirkt alt und verschlissen, Farben gibt es so gut wie gar nicht. Dennoch tragen die meisten stolzen Bewohner heute am Sonntag ihre saubere und hübsche Garderobe. Ich frage mich, ob die auf mich reizvoll wirkende umgebende Natur ihren Bewohnern ausreicht, um die anderen Defizite auszugleichen. Wahrscheinlich reicht sie nicht jedem, wie etliche betrunkene Gestalten am Straßenrand vermuten lassen. Im Vorbeifahren sehen wir in überwiegend starre Gesichter. Keine freundlichen Gesten. Sind wir hier willkommen? Ich fühle mich als Eindringling und halte meinen Fotoapparat bedeckt. Diese Menschen wollen keine Reiseattraktionen sein. Am Rande eines Dorfes lassen wir das Auto stehen.

Der Fußmarsch nach Dos Pilas ist etwas beschwerlich, der Weg ist klebrig vom schweren Schlamm. Dieses Zeug macht unsere Füße zu unförmigen Klumpen, die kein normales Gehen erlauben. Nach wenigen Kilometern verlassen wir das mit Mais bebaute Land und tauchen in den Regenwald ein. Der Weg wird nicht besser, nur nasser. Jens greift beim Festhalten in ein Dornengewächs. Sein Aufschrei erschreckt mich: „Wo ist das Schlangenantigift?“ „Alles okay, das brauchen wir nicht. Habe mir bloß die Hand aufgestochen“, beruhigt mich Jens. Komisch, trotzdem achte ich ab jetzt ganz besonders auf Schlangen. Kurz vor Dos Pilas hören wir einen sehr merkwürdigen Krach. Was sind das bloß für Tiere? Wir kommen näher und finden johlende Kinder beim Fußballspielen vor. Nach dem Genuss von Filmen und Büchern hatte ich die Vorstellung, Dos Pilas sei äußerst schwer erreichbar. Demzufolge habe ich hier alles Mögliche erwartet, aber keine kickenden Kids. Der Ball rollt mir vor die Füße, worauf ich mit einem kleinen

Trick zeige, dass ich auch mit dem Ball umgehen kann. Die Kinder jubeln und laden mich zum Mitspielen ein. Mitten in der antiken Mayastadt Dos Pilas! Mit den Urenkeln der Krieger von damals! In der Tat erfahre ich, dass es sich um Mayakinder aus der näheren Umgebung handelt, die heute einen Ausflug machen.

Während meiner sportlichen Aktivitäten übersetzt Jens die ersten Hieroglyphen. Wohl eben gerade deshalb, weil mir Jens einige der Inschriften „vorliest", erlebe ich Dos Pilas als Stadt ganz besonderer Hieroglyphentexte.

Wir nehmen uns viel Zeit für diese Betrachtungen. Die Treppenstufen erzählen von den Heldentaten der Herrscher, bis die Schreiber ihre Arbeit plötzlich abbrechen mussten. Vorbereitete Glyphenblöcke ohne Inhalt zeigen dies an. Ab einem bestimmten Zeitpunkt war es wichtiger, Vorhandenes zu verteidigen als Neues zu schaffen. Ein Verteidigungswall musste her. Die Heldengeschichten auf der Treppe waren passé. Jetzt hieß es nur noch, nicht zum Opfer anderer Helden zu werden.

Wir genießen unseren Aufenthalt, fotografieren die Stufen und bemerken dabei nicht, dass sich der Himmel stetig verdunkelt. Unser Fahrer weist uns etwas beunruhigt darauf hin. Uns bleibt nicht mehr viel Zeit, um den Ursprung des Namens von Dos Pilas, die zwei Wasserlöcher, kleine Cenotes, zu bestaunen.

Dann bricht ein Unwetter über uns herein. Gewitter und ein anhaltender Regenguss. Nicht so ein paar Tropfen, die wir zu Hause Regenguss nennen, sondern eher vom Typ „Niagarafälle“. Da hilft auch das beste Equipment nichts, irgendwelche Verluste muss man hinnehmen. So wird unter anderem mein Tagebuch nass, mein Handy kann ich wohl auch vergessen. Alles andere ist ja nicht ganz so schlimm. Auch Jens hat einige Verluste zu beklagen. Wie schon die abenteuerlichsten Phasen der Naranjo-Tour nicht zu fotografieren gingen, weil wir nur mit Selbstschutz beschäftigt waren, gibt es aus dem gleichen Grund auch keine Bilder von unserem Rückweg aus dem Dos-Pilas-Wald.

Mein Lieblingsgedanke "Schlimmer kann's nicht kommen" scheint in einer Endlosschleife zu hängen. Unterwegs durch das Maisfeld wurde er von "Der Blitz schlägt in den höchsten Punkt ein - Jens ist größer als ich" abgelöst. Zweifellos ist diese Aktion nicht ungefährlich! Hinzu kommt, dass der Schlammweg zum Gewässer mutiert. Hier erweisen sich unsere Sandalen als sehr praktisch. Zumindest solange keine Schlange in den Fuß beißt. Eine solche vorher zu entdecken, ist unter diesen Umständen unmöglich. Endlich zurück im Dorf, werden wir nun sehr freundlich empfangen. Wir, die armen Irren, die bei diesem Wetter draußen unterwegs waren und nun in einem bedauernswerten Zustand angekrochen kommen. Besonders bedauernswert ist auch der Zustand meines Tagebuches.

Auf dem Rückweg mit dem Auto nach Sayaxché kontrolliert uns die „Obstpolizei". Ja, in dieser Gegend Guatemalas scheut man keinen Aufwand, in welcher geringen Anzahl auch immer transportierte Früchte aufzuspüren und gegebenenfalls adhoc zu vernichten. Dieser Obstfeldzug ist die Reaktion auf eine Bedrohungslage und richtet sich eigentlich gegen durch das Obst übertragene Krankheitserreger oder Schädlinge.

Der späte Nachmittag in diesem öden Ort ist nicht besonders erwähnenswert. Auf der Fähre habe ich Trouble. „Hey Gringo!", macht mich ein betrunkener Typ an. Er versucht, mir irgendeine Schuld an seinen miesen Lebensbedingungen in die Schuhe zu schieben. Erst bin ich als angenommener Amerikaner für den noch nicht allzu lange zurückliegenden Bürgerkrieg mitverantwortlich. Und nun ergötze ich mich auch noch an seinem Elend. Ein verspäteter Che Guevara, der nur mit Mühe von seinen Compañeros zurückgehalten werden kann. „Soy alemán" beruhigt ihn etwas. Zum Glück, denn die Fluchtmöglichkeiten sind auf der Fähre wahrhaftig sehr begrenzt.

Die Nacht ist ziemlich laut. Es gelingt uns auch nicht, unsere Sachen zu trocknen. Übrigens lassen im Hinblick auf den Zustand der Sachen die Ansprüche automatisch nach. Gab ich mir in den ersten Tagen noch Mühe, immer sauber und frisch gekleidet zu sein, folgte bald die Phase: Sauberkeit ist Luxus, aber trocken muss alles sein. Mittlerweile kann ich mich auch davon verabschieden und lege vordergründig Wert auf Funktionalität und Robustheit.

Tag 9: 12.19.16.10.9 8 Muluk 7 Yaxk'in

Zeitig, ohne Frühstück, brechen wir auf und erleben eine fantastische Morgenstimmung auf dem Rio Petexbatun. Die Fahrt mit dem flotten Motorboot führt uns nach Aguateca, einer idyllisch hoch über dem Wasser liegenden Ruinenstadt. Sie hatte weniger als 5000 Einwohner und bot der aus Dos Pilas geflohenen Dynastie eine neue Heimat. Zumindest 100 Jahre lang, bis auch hier der Feind einfiel. Es ist ziemlich beeindruckend, was hier in relativ kurzer Zeit alles gebaut wurde.

Die Anlage ist für mich unerwartet gut freigelegt und mit vielen Tafeln ausführlich beschrieben. Somit kommt auch der Laie, der keinen Jens zur Verfügung hat, zu umfassenden Informationen. Deshalb möchte ich dieses Städtchen jenen empfehlen, die nicht nur auf der Jagd nach Superlativen im Mayaland die üblichen Touristenpfade beschreiten wollen. Klein, ruhig, in ein attraktives natürliches Umfeld eingebettet - so lassen sich die besonderen Attribute dieses Ortes benennen. Wir sind allein und genießen dies.

Positiv überrascht verlassen wir diese spätklassische Mayakleinstadt und wollen nach Ceibal aufbrechen. Beim Einsteigen in das Boot liefere ich unbeabsichtigt eine lustige Show. Über wackelige Steine balancierend, versuche ich das ebenfalls schauklige Boot zu besteigen. Mit dem Rucksack auf dem Rücken passe ich natürlich nicht unter das Sonnendach. Ich sehe ein, dass dieser Eiertanz nicht zum gewünschten Erfolg führen kann und unternehme einen gutgeplanten zweiten Versuch, nunmehr mit dem Rucksack in der Hand. Zur großen Enttäuschung von Jens gelingt mir diese Unternehmung unversehrterweise.

Die wiederum sehr schöne Bootsfahrt nutzen wir zum Trocknen unserer vom Vortag nassen Klamotten in Sonne und Fahrtwind. So wehte an Stelle einer dort denkbaren Piratenflagge mein zweiter Schlüpfer hoch am Mast. Jeder potentielle Feind hätte wohl die Flucht ergriffen, schon aus Ungewissheit, was eine Truppe unter derartigem Banner im Schilde führt.

Der Aufstieg nach Ceibal mit dem kompletten Gepäck erfordert eine gute Kondition. Ich bedanke mich im Stillen bei mir selbst für die vor der Reise absolvierten Trainingseinheiten. Soviel sei dazu empfohlen: Es kommt einem sehr zugute, wenn man vor Beginn einer solchen Tour den Körper langfristig auf gewisse Belastungen einstellt. Sehr zu empfehlen sind ausgedehnte Wanderungen, möglichst auch mit Anstiegen. Es sollte auch Gepäck dabei sein. Schwimmen und Saunabesuche helfen natürlich auch. Vordergründiges Ziel dieser Aktionen sollte die Ausdauerbelastbarkeit sein. Sprintfähigkeiten und Gewichthebequalitäten braucht man hier genauso wenig wie spezielle Techniken des Golfens oder gar des Wettens bei Pferderennen. Angeln wäre vielleicht nicht schlecht. Ich bin dazu aber zu ungeduldig. Es gibt übrigens nur eine Tätigkeit, die noch langweiliger ist als Angeln: das Zugucken beim Angeln.

Okay, klettern wir weiter nach Ceibal hinauf. Aus der Ferne ist Musik zu vernehmen. „Was soll der Krach? Wer hat denn da so ein lautes Radio an?" Oben am Ziel zeigt sich uns der wahre Grund des Spektakels: In traditionelle Trachten gehüllte Mayas tanzen um ein riesiges Feuer vor einer Pyramide.

Unser Bootsführer erklärt, dass diese Maya zum Teil von weit her aus dem Süden anreisen, um hier jährlich am 10. August ein Ritual durchzuführen. Einige der etwa 100 Personen zählenden Gesellschaft deutet Jens aufgrund ihrer besonderen Kleidung als Schamanen. Die meisten Anwesenden tanzen, einige stehen in kleinen Gruppen zusammen und reden miteinander. Die zahlreichen Kinder verteilen sich auf dem gesamten Gelände. Für sie war wohl Klettern und Verstecken bis zu unserer Ankunft die Hauptbeschäftigung. Jetzt gilt ihr Interesse unserem Tun. Erstaunlich, wie geduldig sie den Ausführungen von Jens lauschen, die allerdings in deutscher Sprache sind.

Für mich ist die Erkenntnis spannend, dass Ceibal als spätklassische Stadt recht lange existierte. Dafür gibt es mehrere Anhaltspunkte. Die Stelen weisen Elemente wie etwa Schlangen auf, die für die klassischen Maya untypisch sind. Hier sind fremde Einflüsse erkennbar. Eine Inschrift belegt ein Spitzentreffen der letzten Mayakönige. Sie stammten aus Tikal oder Ixlu in der Nähe, Calakmul und Motul de San José am Lago Petén Itzá und natürlich aus Ceibal. Offenbar haben diese Herrscher während des Zusammenbruchs der klassischen Mayastädte versucht, durch einen Pakt zu überleben. Hierzu wüsste ich selbst gern mehr.

Da uns unser Magen mittlerweile mit lauten Protestgeräuschen daran erinnert, dass wir mal was essen sollten, ergreift Jens diese Gelegenheit zur Demonstration seiner Survivalkünste. Rüdiger Nehberg wäre stolz darauf gewesen, hätte er gesehen, wie Jens mit einem geschickten Stich in einen Baum Termiten auf sein Messer lockt, um diese genüsslich abzulecken. Meine Begeisterung für derlei eiweißreiche Delikatessen hält sich in Grenzen, weshalb ich lieber auf einen der kohlenhydratreichen und vor allem im Mund nicht zappelnden Hartweizenriegel unseres Notproviants zurückgreife. Unsere Rückfahrt nach Sayaxché erfolgt diesmal unter riesiger bunter Flagge. Wir lassen nun Lauras Handtuch im Fahrtwind wehen. Die darauf befindliche Tikal-Pyramide sowie der Ceibal-Königspakt veranlassen uns, über die Zeit zwischen dem Untergang hier im Mayatiefland um 800 und die später darauf folgende Blütezeit der Städte in Nord-Yucatan zu diskutieren.

In Sayaxché angekommen, nehmen wir uns vor, heute noch den Usumacinta zu erreichen. Vor uns liegen mehrere Stunden Fahrt, erstmal bis zur Hauptstraße Flores-Bethel und dann entlang dieser bis zur Grenze. Der erste Teil wird von uns schnell, aber unbequem bewältigt. Dafür, dass ich Jens auf unserer ersten Fahrt in Guatemala von der Grenze nach Flores nicht glaubte, dass er schon 22 Personen in einem solchen Kleinbus erlebt hatte, werde ich nun eines noch viel Besseren belehrt. Jetzt bringen wir es auf 26 Personen, verteilt auf 4 Bankreihen. Das sind 6 pro Reihe, was auch auf die erste Reihe mit dem Fahrer zutrifft! Neben ihm sitzen drei Erwachsene mit zwei Kindern auf dem Schoß. Um es nochmal klarzustellen: Kleinbus heißt etwa VW-Transporter-Größe. Dafür sind solche Fahrten unglaublich preiswert. Aber auch letzterer Umstand hilft uns nicht, als wir an der Hauptstraße mit dem nächsten Bus weiterwollen. Wir haben keine Quetzales mehr und finden auch niemanden, der uns ein paar Dollar umtauscht. Im Gegenteil, in den kleinen Dorfläden bestaunt man die Dollarscheine wie Steine vom Mond. So verlieren wir kostbare Zeit. Und die Moral von der Geschicht: Vergiss das Money-Tauschen nicht.

Ich finde schließlich einen „Kleinbusschaffner", das sind die Jungs, die das Ein- und Aussteigen mitsamt Gepäckbewältigung managen, der uns einsteigen lässt und die Bezahlung erstmal vertagt. Wir können uns nicht sehr lange über ein flottes Vorankommen freuen. Wie soll es auch anders sein, aus Asphalt wird bald wieder eine Holperpiste. In einem Ort legen wir eine ausgedehnte Pause ein. Hier erleben wir das Hereinbrechen einer Schar fliegender Händler über uns. Man bekommt Lebensmittel aller Art gleichzeitig am Fenster und im Bus angeboten. Die zumeist Frauen und Kinder klettern über die Insassen, um auch jeden zu erreichen. Uns gelingt es, für einen Dollar, der zunächst von einigen Mitfahren in Augenschein genommen wird, eine Tüte voller Kuchen zu erstehen. Der Verkäufer, ein vielleicht 10 Jahre alter Junge, ist sehr zufrieden mit seinem Geschäft. Ein ähnliches Geschäft gelingt mir am Fenster, wobei die Ware diesmal zwei gut gekühlte Wasserflaschen sind.

Als wenn der Weg nicht schon schlimm genug ist, irgendwann verlassen wir die Hauptholperstraße und schaukeln auf einem abenteuerlichen Feldweg zwischen Maisflächen weiter. „Ist das noch die eigentliche Busstrecke?" Offenbar ja, es stiegen in irgendwelchen Dörfern Leute aus oder ein. Meine Blase verlangt nach Entleerung. Ich signalisiere es dem Fahrer, der auch prompt anhält. Ich habe zwar schon erlebt, dass Businsassen fern jeglicher Versteckmöglichkeiten gleich am Bus ihr Problem abluden, aber das ist nicht mein Ding. Im nächsten Dorf finde ich kaum bessere Bedingungen vor. Mein inzwischen äußerst dringendes Anliegen duldet aber keinen Aufschub. Mit Rücken zum Bus und Frontseite zu einer Mayahütte stehe ich an einem Citrusbaum, umgeben von Hühnern. Als Lohn für meinen Erfolg pflücke ich mir noch drei Limonen – und weiter geht's.

Die meisten Einheimischen halten sich Hühner. Hunde und Pferde gibt es auch viele. Rinder o.Ä. sieht man eher selten, was vielleicht auch daran liegt, dass die Weideflächen abseits der Dörfer liegen. Wie transportiert man bei dieser Hitze eine Portion Fleisch so, dass sie frisch bleibt? Dazu erhalten wir eine Lektion von einem vielleicht 10-jährigen Jungen, der im nächsten Dorf zusteigt. Er präsentiert uns stolz sein lebendiges, an den Beinen zusammengebundenes Huhn.

Jens weiß, dass wir uns Bethel nähern. Noch viel wichtiger aber ist, dass er auch weiß, wo die weit vorher liegende unscheinbare Station liegt, in der wir unseren Stempel in den Pass bekommen. Mitten im Nichts! Eine Stunde vor der Stelle, wo wir Guatemala verlassen! Hätte ich nie gefunden.

Ich bin ganz gerührt, als ich den ersten Blick auf den gewaltigen Usumacinta habe. So wahrhaft gewaltig dieser Fluss ist, ist auch mein Glücksgefühl. Solch einen Augenblick treffend zu beschreiben, bleibt den großartigsten Abenteuerreise-Schriftstellern wie John Lloyd Stevens vorbehalten. Der Usumacinta ist für mich ein Symbol meiner Mayalandreise. Voller Erwartungen sagte ich mir oft: „Im Sommer werde ich am Usumacinta sein."

(Ein Satz, der meine Augen auch jetzt beim Abtippen des Tagebuchs feucht werden lässt.) Beim Überqueren des Stromes kommt zur Freude Respekt hinzu. Allein die Größe ist beeindruckend.

Auf mexikanischer Seite genießen wir ein Abendbrot im Hotel und basteln unsere Hängematten im angrenzenden Wald an die Bäume. Bis 2.10 Uhr kann ich gut schlafen. Dann aber werde ich wach vom aufgeregten Bellen der Hunde im nahegelegenen Dorf. Das Anschlagen der wachsamen Tiere kommt eindeutig auf uns zu. Die Ursache des Spektakels damit wohl auch. Adrenalin! Wo ist mein Messer? Zwei Dinge sind wichtig: Lampe und Messer. Die Lampe habe ich. Wo ist das Messer? Raus aus der Hängematte, Messer holen. Links Lampe, rechts Messer. Das Bellen verstummt. Es geht wieder los! Was tun? Ich liege in der Hängematte und schreibe ins Tagebuch, eine Stunde lang.

Dann herrscht wieder die übliche Nachtruhe mit den Geräuschen der Grillen usw. Sogar die Schlafgeräusche vom 10 Meter entfernten Jens kann ich hören. Ich sollte auch noch schlafen. Ich probiere es, links die Lampe, rechts das Messer. Meine letzten Gedanken: „Großkatzen greifen keine Zelte an. Zählen Hängematten als Zelte? Der Mensch passt nicht zum Beuteschema. Hunger erweitert vielleicht das Beuteschema.“ Zum Zeitpunkt des Hervorbringens dieser Gedanken habe ich noch Angst, dass es meine absolut letzten sein könnten. Zum Glück waren es nur die letzten dieser Nacht vor dem nochmaligen Einschlafen.

Tag 10: 12.19.16.10.10 9 Ok 8 Yaxk'in

„Was soll denn das jetzt?“ Ich schrecke durch einen fürchterlichen Lärm auf. Es ist stockdunkel. „Jens, die Brüllaffen sind genau über uns.“ „Ist ja nicht zu überhören.“ Ich bin zunächst eingeschüchtert und muss für mich klarstellen, dass sie nichts Böses mit uns vorhaben. Dann stehe ich auf, um mit dem Fotoapparat den Affenlärm aufzunehmen. Das funktioniert auch gut, nur zu sehen ist gar nichts. Doch, nach ein paar Schritten erwische ich eine Stelle, wo der Mond durch das Blätterdach schimmert. Gespenstisch! Als ich mit der Lampe nach oben leuchte, ist der Krach genauso plötzlich verschwunden, wie er vor einigen Minuten gekommen war. Es ist fast 6 Uhr und ich beschließe, meine Morgentoilette zu tätigen. Dann packe ich meine Sachen. Jens ist inzwischen auch schon aktiv.

Am heutigen Morgen lerne ich einiges zum Thema Zeitmanagement auf mexikanisch. Jens möchte 7 Uhr an der Rezeption des Hotels sein, um die Toilettennutzung und das Duschen zu bezahlen. Zur selben Zeit sind wir aber schon am Bootssteg verabredet. Zwischen Hotel und Anlegestelle wollen wir auf einem kleinen Umweg die Pass-Stempelstelle und die Ticketverkaufsstelle für den Yaxchilánbesuch aufsuchen. Erfolglos. Nach umsonst absolviertem Umweg, weil beide Einrichtungen erst 8 Uhr öffnen, legen wir etwa 7.30 Uhr mit dem Boot in Richtung Yaxchilán ab.

Die Flussfahrt im Morgengrauen hat wieder einen besonderen Reiz. Der dichte Wald ist eingehüllt in Dunstschwaden. Über dem Wasser liegt ein scheinbar undurchdringlicher Nebel, den wir bei flotter Fahrt flussabwärts als sehr kalt empfinden. Jens zieht es daher vor, sich derart einzuhüllen, dass er dem Erscheinungsbild eines Ölscheichs sehr nahe kommt. Die Vegetation erfüllt hier alle Erwartungen an einen Regenwald. Sie ist sehr dicht und hoch. Hin und wieder schafft es einer dieser bei den Maya als heiliger Baum verehrte Ceiba, die anderen Bäume mit seiner imposanten Krone zu überragen. Genauso müssen es die Maya von Yaxchilán auch wahrgenommen haben, als sie vor über 1500 Jahren ihre Stadt an die Flussschleife des Usumacinta bauten. Die Breite des Flusses liegt bei nor-

malem Wasserstand zwischen geschätzten 150 und 300 Metern. Bei höherem Wasser, Jens erzählt von selbst erlebten 10 Metern Wasserstand mehr, kommen stellenweise erhebliche Verbreiterungen zustande. Wir erreichen Yaxchilán und bleiben, um es vorwegzunehmen, gute drei Stunden völlig allein. Erst wenn wir abfahren werden, finden sich verschiedene Touristengruppen ein.

Es ist wohl keine Übertreibung derer, die in ihren Büchern Yaxchilán aufgrund der Lage und besonders wegen der fantastischen Inschriften als eine der schönsten Mayastädte beschreiben. Ich muss mich dieser Meinung anschließen, auch wenn ich noch einige diesbezügliche Konkurrenten wie Palenque vor mir habe. War es einst ein deutscher Vermessungsingenieur, der sich hierher in die „Stadt der grünen Steine“ verirrte, so irre ich heute im hiesigen Labyrinth herum. Jens schickt mich durch die dunklen und verschlungenen Gänge im Innern eines Palastes. Hier sind wir ganz besonders von den Bewohnern begeistert: Fledermäuse und riesige Spinnen. Mit Stirnlampe und Fotoapparat bewaffnet, erkunden wir alle Gänge und machen viele außergewöhnliche Nahaufnahmen von den Tieren. Das Bewusstsein, dass durch herabfallende Fledermausexkremente Tollwut übertragen werden kann, führt zu meinem Vollschutzbedürfnis mit aufgesetzter Kapuze.

Die nächste Station ist der berühmte Tempel 33, der in besonderer Lage über dem zentralen Platz Attraktionen wie Türstürze und die zwei mal sechs

Stufen der „Ballspieltreppen“ aufweist, wo vermutlich die Verlierer heruntergestoßen wurden.

Beim Filmen der Erklärungen zu den Linteln zeigt meine Kamera „Speicherkarte voll“ an. Das kann doch nicht wahr sein! Wechselkarten habe ich im Rucksack und der liegt im Boot. In jeder bisher besuchten Stadt habe ich mein Hab und Gut vollständig spazieren getragen. Jetzt, wo ich so eine kleine SD-Karte brauche, liegt mein Rucksack irgendwo unerreichbar herum! Was hilft's, ein paar alte Bilder mussen dran glauben, um wenigstens weiter fotografieren zu können. Und das tue ich, bis die Karte wieder voll ist. Wir kommen dabei am Palast von Schild-Jaguar vorbei und betrachten eine tolle Stuckfigur. Hier gehören auch die nach London verschleppten Lintel her, die ich vor einigen Monaten im Londoner „British Museum“ bewunderte. Auch in New York liegt so ein Teil. Türstürze zu verschleppen scheint eine Üblichkeit zu sein. Deshalb habe ich auch in meinem Haus zwei ausrangierte Träger aus dem Berliner Reichstag verbastelt.

Weiter geht's zum Palast vom Regenbogen-Baum, wo etwas zu Blutopfern erwähnt wird, wie in vielen anderen Inschriften auch. Einige sehr imposante Stelen verweisen auf bedeutende Könige. Dabei tauchen mehrmals die Namen Vogel-Jaguar (4 Personen) und Schild-Jaguar (2 Personen) auf, was bei mir zu großer Verwirrung führt. Wer da von wem Großvater, Vater,

Sohn und Enkel war, kann ich mir nicht gleich merken. Palast 33 und Stele 1 sind gemäß meinen Messungen exakt in Nord-Süd-Richtung ausgerichtet, so wie auch der Ballspielplatz. Letzteren finden wir ziemlich am Ende unserer Runde, nachdem wir an einigen älteren Palästen vorbeigegangen waren.

Yaxchilán – ein Erlebnis der besonderen Art – möchte ich jedem Mayafreund empfehlen. Am besten ganz zeitig. Mein Kumpel Herko, der für jede Lebenslage Sprüche parat hat, würde sagen: „Der frühe Vogel fängt den Wurm“ oder von mir angepasst: „Der frühe Besucher hat den Vogel-Jaguar für sich allein.“ Lauscht man andächtig, hört man diesen historischen Ort sprechen. Die alten, größtenteils mit einem satten Grün überzogenen Mauern im Schatten dieses hier sehr feuchten Dschungels vermitteln den Geist des Gottkönigtums mitsamt allen auf uns sehr exotisch wirkenden Gewohnheiten und Ritualen. Einfach Klasse!

Nach unserem Yaxchilán-Morgen, wieder zurück im Dorf, machen wir unsere Mexikoeinreise durch Abholen des entsprechenden Stempels offiziell. Auch zahle ich jetzt meinen Yaxchiláneintritt nach. Versorgt mit etwas Obst und Wasser, machen wir uns auf den Weg nach Bonampak. An der Busstation zeichnet Jens Schriftzüge vor, die für Werbezwecke angebracht werden sollen. Unsere Fahrt dauert nur wenige Minuten, dann wird Wegezoll erhoben. Hier beginnt das (teure) Lacandonengebiet mit einer sehr gut ausgebauten Straße. Jens erklärt mir, dass diese Straße gebaut wurde, um ein schnelles Vorrücken der Armee zu gewährleisten. Die Gegend hier ist Basis und Rückzugsgebiet der Zapatisten, der Guerillakämpfer gegen soziale Ungerechtigkeit. Entlang der Straße muss man Kontrollen über sich ergehen lassen. Wir erleben zwei davon. Überfälle und Raubzüge bewaffneter Horden seien ebenfalls Alltag.

Gott sei dank nicht unserer. Auch muss der Fahrer höllisch aufpassen, kein Huhn oder ähnliches zu überfahren, weil man hier utopische „Strafen“ dafür bei den Anwohnern bezahlt. In einigen Fällen wurden tote Hühner vor das Auto geworfen... Wir erleben glücklicherweise keine derartige Situation.

Am Abzweig nach Bonampak erfahre ich, wie Preise erzwungen werden, wenn jemand das Monopol hat. Wir haben keine andere Wahl, als uns von einem Lacandonen mit seinem Taxi fahren zu lassen. Die Ausstattung seines Wagens, sein Goldschmuck und seine glitzernde Zahnbrücke zeigen mir, dass hier geprotzt wird. Dies bezahlt der Tourist, in dem Falle wir, mit der Taxirechnung.

Bonampak begeistert vor allem durch eine weitläufige, sehr übersichtliche Anlage am Berg. Jens übersetzt mir wieder Stelen- und Türsturzinschriften. Das Highlight, wofür Bonampak berühmt ist, sind die farbenfrohen Wandmalereien. Leider haben wir aufgrund von Restaurationsarbeiten nur Zutritt zu zwei von drei der bemalten Räume.

Im Weiteren beklettern wir die gesamte Anlage am Berg bis in Winkel, die Jens noch nicht kennt. Ebenso kennt er den erst vor kurzem freigelegten Ballspieler nicht. Während Jens solcherart Neuheiten fleißig dokumentiert, suche ich mir ein ruhiges Plätzchen, um wegen eines aufkommenden Unwohlseins zu verschnaufen.

Der „goldene Taxilacandone“ ist überpünktlich und bringt uns wie abgesprochen zurück zur Hauptstraße. Hier haben wir einige Minuten zu warten. Die Dinge rings um mich herum interessieren mich dabei gar nicht, ich habe mit Bauchbeschwerden zu kämpfen. Auf der Fahrt im engen Kleinbus in Richtung Palenque nehme ich im schlaftrunkenen Zustand eine Militärkontrolle wahr. Die Soldaten interessieren sich unter anderem sehr für meinen Rucksack.

Später steigen neue Fahrgäste zu und irgendwann wird mir bewusst, dass mein Rucksack weder an seinem Platz steht noch sonst irgendwo zu sehen ist. Panik würde mir jetzt nicht wirklich helfen. So verbringe ich die weitere Fahrt mit Grübeln, wobei es vor allem darum geht, ein Leben nach dem Rucksackbesitz zu planen. Immerhin habe ich die nicht mehr ganz taufrischen Sachen auf dem Leibe und dazu meinen Gürtel, an und in dem sich die allerwichtigsten Dinge zum Überleben befinden. Pass, Geld, GPS, Fotoapparat, Messer, Lampe, Wasser und Medikamente – eine gute Basis, um meinen Mayalandtrip fortsetzen zu können.

Erschöpft und frustriert erreiche ich Palenque. Aus irgendeiner Versenkung, vielleicht auch vom Dach, taucht mein Rucksack plötzlich wieder auf. „Junge, freu dich doch mal“, meint Jens, der nicht versteht, dass ich herumhänge wie ein Schluck Hustensaft. Wir setzen uns an einem Restaurant nieder, um etwas zu trinken und eine gute Suppe zu essen. Beides muss ich stehenlassen. Inzwischen geht es mir so schlecht, dass ich mich übergeben muss. Luna, eine Freundin von Jens, holt uns ab und gibt uns ein Zimmer.

Während die beiden einkaufen fahren, liege ich im Bett und quäle mich mit der unerträglichen Hitze herum. Inzwischen habe ich vermutlich Fieber. Einschlafen funktioniert nicht. Ich kühle mich mit dem nassgemachten T-Shirt und warte eine gefühlte Ewigkeit. Erstmalig stelle ich unsere Art zu reisen in Frage. „Wäre es nicht viel angenehmer in einem klimatisierten Hotelzimmer, wo auch ein Arzt sofort verfügbar ist?“ oder „Bin ich nun lieber hier oder wäre es jetzt nicht viel schöner zu Hause bei meiner Frau Kerstin?“ Mich an einem niedlichen Gecko an der Zimmerwand erfreuend, gleite ich schließlich doch in den Schlaf hinüber. Am späten Abend empfinde ich es dann als sehr angenehm, bei erträglichen Temperaturen draußen zu sitzen und den spanischen Gesprächen der Anwesenden zu lauschen, wovon ich sogar manches verstehe. Selbstverständlich wird vor allem über die Mayas geredet. „Hier bin ich richtig, hier möchte ich jetzt sein“ ist mein letzter Gedanke des Abends.

Tag 11: 12.19.16.10.11 10 Chuwen 9 Yaxk'in

Jetzt am Morgen fühle ich mich deutlich besser und beobachte einen sehr großen Schmetterling sowie einen Gecko in meinem Zimmer. Jens liegt bestimmt irgendwo draußen in der Hängematte. Ich sehe mal nach. Oh, ich habe mich geirrt, auch Jens kann in einem Bett schlafen. Er hat ein eigenes Zimmer. Ist wohl auch besser, als mit auf der Krankenstation schlafen zu müssen. Gut geschützt durch „Imodium akut" wage ich mit Jens den Fußmarsch in die nahe gelegene „City". Dort erledigen wir unsere üblichen Internetangelegenheiten, wobei ich mich heute besonders über die E-Mail von Kerstin freue.

Der Ort Palenque wirkt gemessen an dem, was wir seit unserer Abfahrt in Flores sahen, geradezu modern und lädt zum zivilisierten Shoppen ein.

Ich betrete, aufgrund meiner Erfahrungen in Guatemala, ohne viel Hoffnung auf Erfolg eine Bank, um Euros zu tauschen. Kein Problem. Der Kurs stimmt auch. Ich bin wieder zurück in der Zivilisation. Dies nehme ich nach unserer Wiederkehr ins Quartier zum Anlass, meinem fusselig zugewachsenen Gesicht zu Leibe zu rücken, welches ich seit Flores nicht mehr rasiert habe. An einen Imbiss wage ich mich auch wieder heran. Dieser besteht vorerst aus einer so gewachsenen Doppelbanane. Das bereitstehende Bier lasse ich lieber weiterhin bereitstehen. Ich möchte mal unser Quartier hier in Palenque etwas genauer beschreiben: Luna betreibt ein kleines Hotel mit vier einfachen, preiswerten Zimmern. Man kann gemütlich auf der Terasse sitzen und dabei lesen oder Tagebuch schreiben. Genau an dieser Stelle: 17° 30,236‘ nördliche Breite und 92° 0,206‘ westliche Länge.

Ein Ausflug in die etwa 5 Kilometer entfernte Ruinenstadt der Maya ist von hier aus selbstverständlich kein Problem. Mit der Englischlehrerin Luna kann man sich gut unterhalten, auch wenn man die sonst hier übliche spanische Sprache nicht beherrscht.

So reden wir beispielsweise über besonders interessante Inschriften. Sie weist mich auf das hier in Palenque befindliche LongCount-Datum 12.10.1.13.2 hin. Nun, ich kenne dieses außergewöhnliche Datum, weil wir es bereits in unserem Buch „Don Eric und die Maya – 23. Dezember 2012 – Werden die Götter wiederkommen?“ ausgiebig diskutieren. Hier nur soviel: Würden wir das Palenque-Datum einfach umrechnen, kämen wir auf den 21.7.1817, ein Datum nach Napoleons glorreichen Zeiten. Außerdem passt die Kalenderrunde 9 Ik´ 5 Mol nicht dazu. Einen Volltreffer landen wir aber, wenn wir vor das Nulldatum zurückgehen und damit den 10.3.3309 v. Chr. ermitteln. Ein so weit zurückliegendes Datum ist zweifellos eine Sensation. Was sich dahinter verbirgt, verrate ich erst dann, wenn ich vor dieser Inschrift stehe.

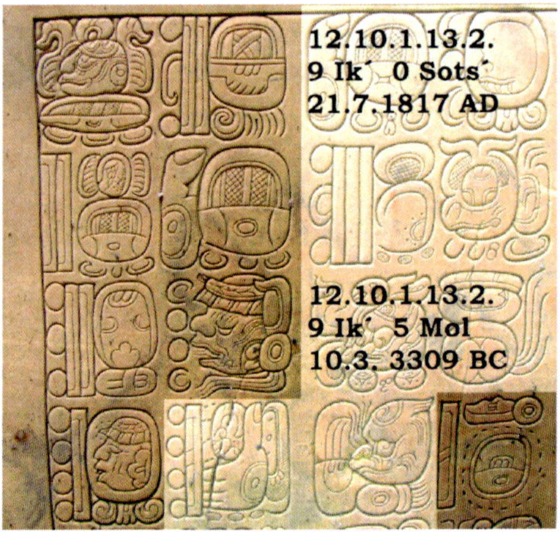

Ein für uns eigentlich alltägliches Problem, das Wäschewaschen, ist hier ebenfalls komfortabel zu lösen. Man nehme die betreffenden Teile und gehe zu Lunas dafür vorgesehenes Becken. Ob mit oder ohne Waschmittel, einmal kräftig mit der Hand durchkneten, spülen, auswringen, ausschütteln und aufhängen. Den Rest erledigt die Sonne. Zuverlässig jeden Tag. Genauso easy gestaltet sich die Zubereitung diverser Speisen in der Freiluftküche, die mich an meine Wohnwagenurlaube erinnert. Kühlschrank und Herd stehen bereit. Angesichts dieser Möglichkeiten bedaure ich nur, dass mein Freund Jörg, der insbesondere auch ein Freund der ständig brutzelnden Bratpfanne ist, nicht vor dieser wunderbaren Kulisse des Palenquer Gärtchens seiner Kochleidenschaft frönen kann. Wir hätten alle davon profitiert. Schade, Jörg! Duschen und Toiletten erinnern mich ebenfalls an einen Campingplatz, einfach und sauber.

Als Jens dazukommt, wendet sich unser Gespräch nun einer eigenartigen Datumsangabe aus Yaxchilán zu. Unmittelbar unterhalb des Tempel 33 steht geschrieben: 13.13.13.13.13.13.13.13.9.15.13.6.9 3 Muluc 17 Mac, ein Datum aus der klassischen Mayazeit (21.10.744), das vor der Baktunstelle mit 8 Stellen aufgefüllt wird. Genau wie auf einer analogen Uhr die 12 quasi der Null entspricht, haben wir hier eine 13 für die Null.

Der Schreiber ist offenbar ein Freund der Ewigkeit und zudem ein Freund linearer Zeitauffassung. Das Auffüllen von gerade acht Positionen mit der 13 macht das gesamte Datum 13-stellig. Über die 13 Baktun müssen wir später noch reden. Jetzt ist Wäscheretten angesagt. Ein Unwetter zieht auf. Ziemlich schnell sogar. Wir beobachten das Schauspiel von unserem trockenen Sitzplatz aus. Nun gut, bedingt trocken, denn wir genießen unser Bierchen. So schnell wie die Regenfront kam, verschwindet sie auch wieder. Ein toller Abend. Salud.

Tag 12: 12.19.16.10.12 11 Eb 10 Yaxk'in

Heute ist nicht irgendein Tag, heute ist der 13. August! Am 13. August 3114 v. Chr. begann die Zeitzählung des Mayakalenders mit dem Tag 0.0.0.0.0 4 Ahau 8 Cumku. Wann fällt der „Schöpfungstag" 4 Ahau wieder auf ein rundes Baktundatum? Klar, nach 13 Baktun. Am Tag 13.0.0.0.0 4 Ahau 3 Kankin. Also nach 13 × 144000 Tagen. Es vergehen rund 5125 Jahre ... bis zum Jahr 2012. Genau gesagt, landen wir auf dem Tag 23.12.2012. Die von uns verwendete Umrechnung gründet sich auf Daten aus der klassischen Mayazeit. Andere favorisieren eine um zwei Tage verschobene, auf späterer Kalenderführung basierende Kalenderumrechnung und erhalten als Enddatum unserer Ära den 21.12.2012. Luna freut sich über unsere kurze Aufklärung hinsichtlich des viel diskutierten 2012-Datums. Das hat erstmal nix mit astronomischen Chaoszuständen zu tun. Oder gar mit dem Weltuntergang...

Nachdem wir vorgestern in Bonampak auf den Spuren des Entdeckers Charles Frey wandelten, folgen wir heute den Pfaden von Wolfgang Cordan, der ebenfalls das Lacandonenland durchschritt. Ob er auch in Nahá war? Die Fahrt nach Nahá soll über 4 Stunden dauern. Wieder so lange im engen Kleinbus. Ohne Toilettenpause. Kaum abgefahren, werde ich von einem jungen Maya angesprochen, englisch, im Südstaatenslang, ob ich Bier oder Whiskey trinke. Bier, ja klar. Es dauert nicht lange, da ordert mein neuer Freund Mauro Bierbüchsen am Straßenrand im nächsten Dorf.

Jens greift auch mit zu und so entwickelt sich der erste Teil unserer Fahrt zu einer Kremserfahrt mit lauter Musik und viel Spaß. Mauro erzählt von seiner Arbeit in den Vereinigten Staaten und von seinen Abenteuern mit Frauen. Er lädt uns zu sich nach Hause ein. Musik, Getränke und Frauen wird er heranholen. Eine wilde Party will er mit uns veranstalten. Eins der auf unserer Strecke liegenden Dörfer ist sein Heimatort. Kaum ist er vor seinem Haus aus dem Bus geklettert, wird er von einer sehr grimmig blickenden, schimpfenden, älteren Frau empfangen. Sie scheint geprägt zu sein von den Gelüsten des Sohnes, wilde Partys zu feiern und erstickt solche Bestrebungen im Keim. Okay, wir wollen ja sowieso weiter nach Nahá. Hier in der Gegend leben die Tzeltalmaya. Nur wenige Dörfer wie unser Ziel Nahá werden von Lacandonen bewohnt.

Als Jens die baldige Ankunft ankündigt, empfinde ich Aufregung. Nicht nur, dass ich fremd bin wie an den anderen vorherigen Orten, nein, dass ich diesmal als Eindringling gesehen werden könnte, macht mir Sorgen. Ich befürchte, eine verschworene Dorfgemeinschaft vorzufinden, die Fremde schwer an sich heranlässt, ganz und gar, wenn diese keine der hier geläufigen Sprachen verstehen. Was diese Erwartungen anbelangt, werde ich enttäuscht. Es kommt alles viel besser.

Wir steigen direkt vor dem Haus des Schamanen Don Antonio aus. Jens betritt sein Haus und kommt einige Minuten später mit einem betagten Herrn in verblüffend voller Haarpracht und mit obligatorischer Tunika bekleidet, heraus. Seine freundliche, aufgeschlossene Art erinnert mich an meinen Sportkumpel Friedhelm aus Sandersdorf, der in derselben Altersklasse wie Don Antonio angesiedelt ist. Es bleibt vorerst bei einer netten Begrüßung und bei einer Verabredung für den nächsten Tag.

Ein weiterer Besuch gilt der Familie des verstorbenen legendären Schamanen Chan Kin Maax bzw. Chan K'in Viejo. Auch hier spüre ich sofort diese Herzlichkeit und Gastfreundschaft. Die kleine Paola legt sofort los mit dem von mir mitgebrachten Malzeug. Da auch Jens und ich lustige Tiere zu Papier bringen, gibt es bei den Deutungsversuchen von Paola viel zu lachen. „Hasta mañana" heißt es dann, als wir aufbrechen, um unser geplantes Lager aufzusuchen.

Unser Weg führt einige Minuten aus dem Dorf hinaus durch den Wald zum See. Jens kennt die hölzerne Terrasse mit Schilfdach, unter dem sich unsere Hängematten wunderbar aufhängen lassen. Von dort aus den am gegenüberliegenden bergigen Ufer stattfindenden Sonnenuntergang zu beobachten, ist einfach sensationell schön. Nach bescheidenem Imbiss geht's in die Hängematte. Wir beobachten das Himmelsschauspiel entfernter Blitze sowie die aufgehenden Sterne. Diese tolle Atmosphäre animiert uns zu Plaudereien über unsere gemeinsame Studienzeit sowie über persönliche Dinge.

Die Nacht wäre wohl ganz unspektakulär verlaufen, hätte ich nicht den nötigen Gang in den Wald zu absolvieren gehabt. Bewaffnet mit Stirnlampe nehme ich die für männliche Kleingeschäfte übliche Stellung ein. Als ich meinen Blick von unten nach vorn richte, schauen mich plötzlich einige Augenpaare an. Durch die Reflexion des Lichtes funkeln sie ziemlich bedrohlich aus dem dunklen Umfeld heraus. Kann ich mich umdrehen und gehen? An den Augen hängt doch noch mehr dran, wie z. B. Beine, die mich verfolgen und Mäuler, die mich beißen können. Gemäß dem Motto „Angriff ist die beste Verteidigung" trete ich gegen einen kleinen Baum. Was habe ich dadurch erreicht? Ich bin nass und die Augen sind noch da. Die daran anschließende Maßnahme Nummer 2 heißt Rückzug. Diese Entscheidung ist wohl klug. Die Augen bleiben im Wald und ich kann mich wieder der Pflege meiner eigenen Augen widmen und weiterschlafen.

Tag 13: 12.19.16.10.13 12 Been 11 Yaxk'in

Über dem See wird es hell, als ich erwache. Und es ist außergewöhnlich kalt. Die Klamotten samt Hängematte und Schlafsack sind zudem feucht. „Okay, es sieht aber richtig toll aus", tröste ich mich. Nach spartanischem Frühstück brechen wir auf zum Schamanentempel von Don Antonio. Balché-Bier ansetzen heißt unsere erste Tagesaufgabe. Ein Lacandone kommt uns entgegen, um uns abzuholen. Wir genießen den morgendlichen Waldspaziergang. Der Schamane ist schon eifrig am Klopfen, als wir ankommen. „Wir müssen die Rinde vom richtigen Balché-Baum nehmen", erklärt Don Antonio. „Vom weißen und nicht vom grünen, sonst sind wir am nächsten Tag mausetot. So erging es einigen Jugendlichen vor ein paar Jahren." Während er das so sagt, klopft er mit einem alten Knüppel auf einem frischen Ast herum, weshalb sich dann die Rinde besser lösen lässt. Eine aus meiner Sicht gefährlich grün schimmernde Rinde. „Es esa realmente blanca?" frage ich vorsichtshalber noch mal nach. „Si, blanca." Okay, es ist die weiße Rinde, deren Genuss man überleben sollte. Ab in das mit Wasser und Zucker vorbereitete Kanu, schnell noch ein paar Kakerlaken herausgefischt und mit Bananenblättern abgedeckt, so kann es in der Sonne gären und wird nicht durch Regenwasser verdünnt, das potentielle Balché-Bier.

Wir begeben uns dann zur Familie des Chan K'in Viejo. Während Jens draußen Papagei-Paparazzo spielt, werde ich in der Hütte von einer weißen Frau etwa meines Alters, die sichtlich überrascht über mein Erscheinen ist, englisch angesprochen. „Where do you come from…" Sie stellt sich vor als canadische Ethnologin, die natürlich genauestens über die Vorgänge und Verbindungen im Hause Chan K'in Viejo Bescheid wissen will. Ich stelle mich vor und verrate ihr, dass ich mit einem Freund hierher nach Nahá kam. In diesem Moment betritt Jens die Hütte. „Ah! Jens!" „Hi Susan." Man kennt sich eben. Die beiden unterhalten sich dann über Wörter der Lacandonensprache. Hier kann ich nun überhaupt nicht mitreden, weshalb ich auf unseren Bekannten von heute Morgen zugehe.

Dieser zeigt mir Zeichnungen, die er selbst angefertigt hat. Bor Mudo ist sein Name. Wenn Bor für Tambor steht, heißt er übersetzt „Stumme Trommel". Der Bor ist aber auch ein kleiner aggressiver Vogel, der anderen Vögeln die Augen auspickt. Egal, jedenfalls ist Bor Mudo tatsächlich stumm. Taub vielleicht auch. Da ich ja sowieso auf Gesten angewiesen bin und von der Sprache nichts verstanden hätte, waren wir ein gutes Gespann. Ich lasse mir seine Zeichnungen „erklären" und „frage" interessiert nach, indem ich schlimmstenfalls auf allen Vieren über den Boden hopple. Bor besteht darauf, dass ich ihn und seine Zeichnungen fotografiere.

Wir genießen ein wohlschmeckendes Mittagessen, zubereitet von einer der noch lebenden zwei Witwen von Chan K'in Viejo. „Recht fit für ihr Alter" denke ich, hat sie doch einige Jahre mehr auf dem Buckel als ihr 80-jähriger Schwiegersohn Don Antonio. Das eben Gesagte stimmt nicht ganz. Maria Koh hat gar keinen Buckel, dafür aber lange schwarze Haare mit dem obligatorischen Federschmuck. Nach dem Essen lassen wir uns von Bor Mudo zu einem Ausflug in die Berge „überreden". Auf dem mitunter schwierigen, steilen und glatten Waldweg führt er die Notwendigkeit von Wanderschuhen für solche Touren mit seinen Badelatschen ad absurdum.

Bor zeigt uns den unter einem Felsvorsprung gelegenen Ritualplatz des längst verstorbenen Mateo Viejo. Hier stehen verzierte Räuchertöpfe mit Götterköpfen für Weihrauchzeremonien. Ein wahrhaft spiritueller Platz, den wahrscheinlich noch nicht viele Fremde gesehen haben. Der Anzahl der Töpfe nach geurteilt, war vor uns eher noch keiner hier. Schweigend lassen wir einige Minuten lang die besondere Atmosphäre dieses Ortes auf uns wirken. Unser nächstes Ziel ist ein idyllischer, von steilen Bergen umgebener See. Im klaren Wasser sind Fische zu sehen, weshalb ich mit Bor über das Angeln und die dabei größte aus diesem See gezogene Beute „diskutiere". Wir laufen weiter durch den dichter werdenden Wald. Auch ich darf einmal mit der Machete vornweg laufen. Mit Blick nach unten, vertieft in meine wegbereitenden Aktivitäten, bekomme ich die drohende Gefahr nicht mit. Erst als Bor mich zurückreißt, erschrecke ich mich fürchterlich. Einmal, weil Bor so plötzlich und energisch an mir zieht, und, weil ich den Grund für das Ziehen nun sehe. Wenige Schritte vor mir hört die Vegetation abrupt auf. Dort tut sich eine riesige und entsprechend tiefe Schlucht auf. Wäre diese nicht hinter dem Dickicht versteckt gewesen, hätte ich mich niemals so weit an den Rand herangewagt. Jens fängt den Blick nach unten per Foto ein, um ihn mir zu zeigen. Dann brechen wir wieder gen Nahá auf. Auf dem Rückweg fotografiert Bor einige schöne Blüten mit meiner Kamera. Eine Orchidee nimmt er zum Zeichnen mit. Auch wir versuchen uns in dieser Kunst. Bor staunt über die Ergebnisse, wobei ich neidlos zugestehen muss, dass Jens das weitaus bessere Kunstwerk erstellt.

Gestärkt durch ein zweites warmes Essen verlassen wir für heute das Haus des Chan K'in Viejo und gehen noch einmal zu Don Antonios Tempel. Hier beginnt Jens aus dem von ihm mitgebrachten Buch zur Lacandonengeschichte in Originalsprache vorzulesen. Anfang der 80er Jahre wurde Chan K'in Viejo von Robert D. Bruce zur Mythologie bzw. Geschichte seines Volkes interviewt. Jens hat die Geschichte in Lacandon-Sprache aufgeschrieben und in einer zweiten Spalte die spanische Übersetzung gegenübergestellt. Don Antonio lauscht andächtig, korrigiert gelegentlich die Aussprache und fügt ergänzende Kommentare hinzu. Da ich nichts verstehe, erbitte ich wenigstens jene Stellen auch ins Deutsche zu übersetzen, an denen besonders intensiv diskutiert oder gelacht wird. So haben wir alle großen Spaß daran. Als Jens das Buch Don Antonio als Geschenk reicht und ihn ausdrücklich auffordert, für die Weitergabe dieses aussterbenden Wissens zu sorgen, reagiert dieser sichtlich gerührt mit einem feierlich anmutenden Versprechen. Das ist wieder ein Nachmittag! Nicht eine Minute möchte ich missen! Es beeindruckt mich zutiefst, dieses Mayaland mit seinen Bewohnern. Danke, dass ich das alles so hautnah miterleben darf.

Gerade noch über alte Mythen philosophiert, finden wir uns 100 Meter weiter und 5 Minuten später in einem Zimmer mit den modernsten und schnellsten Computern wieder, die wir bisher auf unserer Mayaland-Tour für den Internetzugang zur Verfügung hatten. Nicht nur das, der Betreiber ist kein anderer als Don Antonios Sohn Chan K'in Martinez, der eigentlich für die Nachfolge in Sachen Schamanismus prädestiniert ist. Meine Verblüffung weicht schnell dem Gefühl der Freude über die hervorragenden technischen

Bedingungen. Ich gebe noch ein paar kleine Einstellungshinweise und das Internet läuft perfekt. Zum Zwecke der Bildersicherung, Blogaktualisierung und E-Mail-Abfertigung halten wir uns hier drei Stunden auf.

Beeindruckt von den Tageserlebnissen suchen wir unser Lager auf.

Unsere Hängematten mitsamt Schlafsäcken haben wir heute Morgen zurückgelassen, weil wir überzeugt sind, dass uns hier niemand etwas stehlen würde. Ein kurzes Bad und ein knappes Abendbrot bilden unsere Vorkehrungen zur Nachtruhe. Vor dem Einschlafen entstehen nicht wenige dieser Zeilen hier in unserem „El Mirador" – in unserer „schönen Aussicht". Unvergleichbar schön. Nein, kein Geld der Welt ist genug, mir diese Aussicht zu nehmen.

„Buenas noches!" Von wegen Einschlafen! Das Tagebuch muss heute doch noch einmal aufgeschlagen werden. Sogar die Dunkelheit ist hier was ganz Besonderes. Wir verbringen noch Stunden damit, vom Bootssteg aus den Sternenhimmel zu beobachten. Ich kann mich nicht erinnern, jemals in meinem Leben zuvor so viele Sterne so deutlich gesehen zu haben. Hinzu kommt der Effekt, dass wir hier bei einer geografischen Breite von 17° den großen Wagen steil untergehen sehen. Meine eigentlich diesbezüglich nicht ungeübten Augen hatten große Schwierigkeiten, in dem Meer heller Lichtpunkte die üblichen Sternbilder wiederzuerkennen.

Das Milchstraßenband, von hier aus gesehen sehr strukturreich, macht auf uns, wie schon auf die antiken Maya als ihr Himmelskrokodil, einen großen Eindruck. Einzelne Sternschnuppen, die zu den für diese Zeit fälligen Perseiden gehören, bringen, wie auch die Blitze eines entfernten Gewitters, Stimmung an den Himmel. Kann es ein Zufalls ein, dass diese Perseiden, die

damals in größerer Häufigkeit viel beeindruckender aufgetreten sein müssen, jeweils am Jahrestag des Beginns der Langen Zählung auftauchen? Auf die vorklassischen Kalendererfinder müssen diese doch wie ein Weltentstehungsereignis gewirkt haben. Wir stehen hier, genießen diese einzigartige Atmosphäre, pure Freiheit, auch die Freiheit unserer Gedanken. Es hat einfach einen hochinteressanten Inhalt, unser letztes Gesprächs vor dem Einschlafen. Das ist mit großer Wahrscheinlichkeit der Moment, den Goethe meint mit „Verweile doch, du bist so schön…".

Tag 14: 12.19.16.10.14 13 Hiix 12 Yaxk'in

Ich werde wohl keinen überraschen, wenn ich von einem idyllischen Morgen am See erzähle. Dabei frage ich mich, ob den Einheimischen bewusst ist, welches Paradies sie hier als Alltag erleben. Gut, ich darf nicht vergessen, dass sie für ihren Unterhalt arbeiten müssen. Das tun sie allerdings ziemlich entspannt. Ich habe den Eindruck, dass es den Lacandonen hier viel besser geht als ihren Mayakollegen in Guatemala. Das Leben in Nahá ist schlicht, aber auf keinen Fall elend wie im Gebiet zwischen Sayaxché und Dos Pilas. Wahrscheinlich ist das mit ein Verdienst eines Chan K'in Viejo und anderer politisch aktiver Kräfte.

Wir besuchen zuerst Pepe Vasquez, den Pfeilehersteller. Er fertigt sie traditionell mit Feuersteinspitze an. Das Bearbeiten dieses spröden Materials mittels anderer Steine erfordert sehr viel Geschick und Erfahrung. „Gib mal her, ich kann das vielleicht auch", funktioniert hier mit Sicherheit nicht. Pepe zeigt uns seine Vorräte, die aber heutzutage nicht mehr zum Verschießen gedacht sind. Sie sollen vielmehr die Sammlungen von interessierten Touristen schmücken. Dazu gibt es Pepes Pfeile in Palenque auf dem Markt vor der Ruinenstadt zu kaufen. Neben dem Hause Vasquez sehe ich ein Betonfundament für eine neue Hütte.

Auch Nahá hat mittlerweile erste massive Steinhäuser. Fußböden aus Beton werden zum Teil in den Hütten nachgerüstet. Dieses Novum erleben wir auch im Hause Chan K'in Viejo, wo der Estrich erst wenige Tage alt ist. Genau dort holen wir jetzt Bor Mudo ab, um ihm zu zeigen, wie seine Zeichnungen in das Internet gestellt werden können. Das beeindruckt ihn sehr, wobei er die Tragweite, d. h. die weltweite Zugriffsmöglichkeit wohl nicht begreift. Ich zeige ihm auch ein Bild mit meinem Sohn Justus auf der Webseite meines Heimatfußballvereins „Union Sandersdorf". Ich weiß nicht, ob Bor da durchblickt. Einer der Dorfbewohner mahnt an, dass wir unseren exklusiven Schlafplatz teuer zu bezahlen hätten. Ja, man möchte es nicht glauben, aber in Nahá gibt es einige Visionäre, die hier große Hotels eröffnen wollen. Da muss man das Abzocken beizeiten trainieren. Natürlich retten unsere Bekannten die Situation. Wir sollten ungeschoren davonkommen. Dennoch holen wir jetzt unsere Hängematten und quartieren uns bei der Familie Chan K'in Viejo ein, wo wir uns ja sowieso den Großteil des Tages aufhalten. Bor Mudo will mich für einige Tage im Herbst einladen, wahrscheinlich zu seinem Geburtstag.

Das ist aber aufgrund der Entfernung sehr problematisch. Ich unternehme den Versuch, die Größe Mexikos und die Entfernung bis Europa zu erklären. Mit Landkarte und Uhr rücken wir den Dimensionen zu Leibe. So entferne ich mich zum Beispiel von der ausgebreiteten Mexiko-Karte, um anzuzeigen, wo Europa liegt. Einen Eindruck von der Flugzeit vermittle ich ihm durch Drehen an der Uhr und Zählen der Stunden. Aber ob er, der sich in seinem Leben nicht weiter weg als bis zu irgendwelchen Nachbarorten bewegte, wo die Autos aufgrund der holprigen Wege quasi mit Schrittgeschwindigkeit dahinschleichen, sich eine Fluggeschwindigkeit vorstellen kann, wage ich zu bezweifeln. Egal, er ist ein aufmerksamer Schüler und wir haben viel Spaß beim ausgiebigen Gestikulieren.

Heute ist für uns nicht der Tag eigener großer Taten, sondern eher ein Tag des Beobachtens. So sind wir Zeugen der Zubereitung eines Gürteltiers. Und nicht nur das. Wir haben auch Gelegenheit, diese durchaus wohl schmeckende Speise zu genießen. Das Fleisch erinnert ein bisschen an Kanin-

chenfleisch. Zu den Köchinnen sage ich: „Nekit!“ was mayanisch „Es schmeckt“ heißt. (Wahrscheinlich wird es anders geschrieben.) Wir bekommen ein Stück derartigen Braten auf Bananenblatt serviert und verfeinern den Geschmack mit etwas Zitrone. Vor einigen Wochen war ich mit meinen Nachbarn in einem entsprechenden Restaurant kenianisch essen. Dort hat man den Sinn des Bananenblattes etwas verkannt. Statt als Tellerersatz wie hier, lag mein damaliges Stück mitsamt Bananenblatt auf einem Teller. Eben europäisch angepasst. Zurück zur Speisekarte in Nahá: Den nächsten Menüpunkt steuern die Jäger bei mit einem Paka, einem Riesenmeerschweinchen, das vor seiner Erlegung den Jagdhund übel zugerichtet hat. Die Beute landet im Topf, gewissermaßen als Suppenhuhn. Diese großen Nager können wild und angriffslustig sein. Wären die Augenpaare in der ersten Nacht am See Pakas gewesen… Vermutlich waren es Nasenbären. Die haben keinen Bock auf Kampf um Leben und Tod.

Auf dem Weg zum abendlichen Bad durch das Dorf zeigt uns Bor eine große Hütte, wohl eine Art Museum, mit vielen Fotos an den Wänden. Die meisten stammen aus den Jahren um 1960. Darauf waren hauptsächlich Chan K’in Viejo und Maria Koh, aber auch die zweite alte Dame, bei der wir heute wohnen, abgebildet. Don Antonio taucht als etwa 30-jähriger junger Kerl auch auf einigen Bildern mit Zeremonien auf. Für mich ein tolles Detail am Rande: Mein neuer Freund Bor Mudo ist ein Sohn des berühmten alten Schamanen Chan K’in Viejo. Dies vermittelt mir das Gefühl, dass mich meine Reise tatsächlich zu jenen geführt hat, die Schlüsselfiguren für die Bewahrung der Mayatraditionen sind.

Es wäre gelogen, wenn ich schreiben würde, dass diese Welt völlig in Ordnung ist. Hier findet ein Umbruch statt. Wenige ältere, traditionsbewusste Lacandonen werden längst von den ungestümen Jungen übertönt. Das meine ich im wahrsten Sinne des Wortes. Täglich, manchmal sogar mehrmals, wird über eine Lautsprecheranlage zu gemeinsamen christlichen Veranstaltungen aufgerufen. Sei es Musik, seien es Filme in einer Art Kino, die Kirche ist sehr rührig. Die Jugend mag solcherart Unterhaltung in dieser sonst für sie zu ruhigen Gegend. Der Glaube polarisiert. Das Christentum in verschiedenen Schattierungen bis hin zu gewissen Sekten erobert lautstark diese Gesellschaft. Traditionsbewusste Mayas werden zu Außenseitern. Obwohl der Gemeinsinn hier ein besonders hohes Gut ist, sind Einzelne dabei, auszubrechen. Im Fernsehen wird es vorgemacht – Geschäftsstreben führt zu Wohlstand… Neben der Kirche hält so auch der Kapitalismus Einzug. Die Gleichheit aller Mitglieder dieser Gemeinschaft ist in Gefahr.

Tag 15: 12.19.16.10.15 1 Men 13 Yaxk'in

Die Nacht ist sehr unruhig. Erst geistern die Nachbarn lange draußen herum. Dann sind es wieder Tiere, die im Geräuschemachen sehr kreativ sind. Hinzu kommt, dass ich befürchte, bald von Regen heimgesucht zu werden. Mit kurzen Schlafphasen hangle ich mich bis zum Morgen durch. Heute ist ein besonderer Tag, wir gehen zu Don Antonios Balché-Zeremonie. Der Schamane ist fleißig am Vorbereiten und schickt uns noch mal für eine Stunde weg. Der Versuch, inzwischen einen Blogeintrag zu schreiben, scheitert mehrmals. Ich korrigiere Einstellungen am Computer. Auf diese Weise vergeht die Stunde sehr schnell.

Bei Don Antonio ist inzwischen Leben eingekehrt. Der Tempel ist vorbereitet und einige junge Männer warten auf den berühmten Trunk. Zuerst wird das Muschelhorn geblasen. Die dann gereichten Kostproben erinnern mich an heurigen Wein. Don Antonio füttert die Götter und singt dabei Gebete. Nach einer etwas längeren Pause, die wir zum Trinken und Erzählen nutzen, bekommen die Götter noch einmal etwas ab. So können wir, nun auch mit göttlichem Segen, weiterfeiern.

Jetzt wird die Copalzeremonie vorbereitet, natürlich wieder mit Gesang und Gebeten. Copal, ein Baumharz, dient hier als Weihrauchmedium. Besonders interessant ist für mich die zugehörige Prozedur des Feuerbohrens. Zu dritt haben die Feuermacher schnell Erfolg. Feierlich entzündet Don Antonio die einzelnen Schalen, bis die gesamte vorbereitete Reihe in Flammen steht. Dies ist der Moment, wichtige Gebete zu sprechen und Palmenblätter zu beräuchern bzw. zu segnen. Auch Jens und ich bekommen solch ein Palmenblatt, um es nach Hause mitnehmen zu können. Dann werden wir auch dort unter dem Schutz der Götter stehen.

Beeindruckt von den Geschehnissen gehen wir dann erstmal essen. Eine Kuriosität am Rande: Unser Gastgeber Chan K'in Obregon ist gerade eifrig mit seiner Schubkarre beschäftigt. Auf die Frage, was er da tue, antwortet er wild entschlossen: „Ich baue jetzt ein Hotel." Dass er dabei den Wäscheplatz der Frauen zukippt, scheint zunächst niemanden zu beunruhigen. Geradezu phänomenal und überwältigend – Idee und Ausführung quasi zeitgleich!

Apropos Frauen: Susan, die Hinterhausethnologin, darf als Frau an der Balché-Zeremonie nicht teilnehmen. Für uns ist dagegen am Nachmittag die zweite Runde angesagt. Don Antonio schenkt ein und wir haben so lange Spaß, bis plötzlich der Himmel einen Weltuntergang aufziehen lässt. „Bebo más tarde“, sage ich noch und stürze los, um am anderen Ende des Dorfes unsere Hängematten retten zu gehen. Wenn tatsächlich alles herunterkommt, was die nahezu schwarzen Wolken versprechen, saufen wir jämmerlich ab. Aber, oh Wunder, diese Wolken behalten ihre Last. Ob das Don Antonios Verdienst ist, weil er neben uns auch die Götter in gute Stimmung bringt, werden wir nie erfahren. Nach getaner Aufräumarbeit finde ich mich schnell wieder am Ort des Vergnügens ein.

Kurz nach meinem Erscheinen sind alle Anwesenden besonders verblüfft, als drei junge Fremdlinge gen Tempel gelaufen kommen. Die zwei Belgierinnen und ein Spanier stellen sich als Studenten vor, denen man zum Kennenlernen heutiger Mayas die Fahrt nach Nahá empfohlen hat. So nehmen sie sich auf ihrer Sechs-Wochen-Tour durch Mexiko eine Auszeit hier am Ende der Welt. Ausgerechnet am selben Ende, wo wir gerade feiern. Der Gewinner dieser Situation bin ich, kann ich doch endlich mit jemandem anderen reden als mit Jens, wenn man mal von kurzen Smalltalks mit Susan absieht.

Jetzt verstehe ich auch den Hotelbauboom. Schließlich sitzen hier gerade genauso viele Zugereiste wie Einheimische. Das schreit nach Hotelkapazität. Der zukünftige Gast wird dann wohl auch Unterhaltung erwarten. Wahrscheinlich sogar solche Zeremonien, die bisher eine sehr intime Angelegenheit der Lacandonen waren. Don Antonio zeigt sich heute schon mal kompromissbereit. Die Mädels bekommen auch Balché-Bier, dürfen aber den Tempel nicht betreten. Wie authentisch oder theatralisch solche Vorführungen später sein werden, steht in den Sternen. Don Antonio wird sich selbst zurücknehmen. Er möchte noch in diesem Jahr vor der altehrwürdigen Kulisse Yaxchiláns eine Zeremonie größeren Ausmaßes durchführen. Nach ihm wird dann der echte Schamanengesang in Mexiko verstummen.

Am Abend fällt die Stimmung in ein tiefes Loch. Dafür sorgen erst die Abschiedsszenen im Hause Chan K'in Viejo und dann die bittere Gewissheit, dass wir vor 23 Uhr den Ort nicht verlassen können. Das bedeutet, drei Stunden herumhängen zu müssen. Letzteres tun wir gerade, so dass diese Zeilen tatsächlich einen Live-Bericht darstellen. Wir dürfen zeitig in den Bus, legen uns auf je eine Bankreihe und warten auf die Abfahrt. Ich grübele. Als Fremder bin ich gekommen. Als gefühltes Mitglied einer großen Familie muss ich nun wieder gehen. Wenn ich auf meiner Tour durch Guatemala und Mexiko ein Zuhause hatte, dann dieses hier. Danke Nahá! Danke „Haus am Wasser“! Mit feuchten Augen genieße ich einen letzten Blick auf das schlafende Dorf aus dem abfahrenden Bus.

Gelegentlich lohnt es sich, von der Busfahrt zu berichten. Die Fahrt von Nahá nach Palenque ist auch was ganz Besonderes. Dass der Kleinbus kurz vor Mitternacht losfährt, ist geschenkt. Dass er wie immer sehr schnell voll wird auch. Beides zusammen gibt ein tolles Bild. Alle Insassen, außer dem Fahrer, schlafen irgendwann mal. Ich aber im Moment noch nicht. Diese Situation mutet an wie ein großes Massenkuscheln. Während sich an Jens eine zierliche junge Frau anlehnt, habe ich auf meiner Schulter den Kopf ihres neben mir sitzenden Freundes vom Typ „Bodybuilder".

Nun darf man sich aber nicht vorstellen, dass wir hier gemütlich dahinrollen. Hopsen würde diese Art der Fortbewegung besser beschreiben. Ein zerschundener, teils aufgerissener Weg, der bei Regenfällen offenbar als Flussbett fungiert, verlangt dem Fahrer echte Offroadkunststücke ab. Ob er dabei an sich den Anspruch stellt, keinen wecken zu wollen, weiß ich nicht. Ich zumindest bin nicht in der Lage, diesen Schüttelschlaf mitzumachen. Jens umso besser. Als ich ihn am Ziel in Palenque wecke, leidet er unter völligem Orientierungsverlust.

Tag 16: 12.19.16.10.16 2 Kib 14 Yaxk‘in

Was macht man nachts zwischen 3 und 4 Uhr in Palenque? Zunächst stelle ich verblüfft fest, dass es einige geöffnete "Buden" gibt, wo man noch was essen oder trinken könnte. Das brauchen wir nicht. Nein, wir benötigen eher ein Zimmer. Wir fragen in Hotels nach. Für 400 Pesos bekommt man ein Doppelzimmer. „Nichts für uns", sagt Jens und lotst mich weiter durch die Nacht aus der Innenstadt heraus. „Sieh mal, da können wir unsere Hängematten aufhängen", schlage ich, auf eine parkähnliche Anlage zeigend, vor. „Wir müssen nur über diesen Zaun klettern, hinter dem wir dann aber ungestört sind", ergänze ich noch. „Klettere ruhig hinein in das Armeegelände. Eine Unterkunft kriegst du – bombensicher sogar."

Einen oder zwei Kilometer weiter erreichen wir eine ganz tolle Anlage mit Cabañas namens „Rancho Safari". Wir beziehen eine sehr großzügige dieser Hütten. Ganz toll diese Symbiose von Ökohütte aus Bambus mit Strohdach und sehr modernen Elementen wie das geflieste Bad mit warmem Wasser. Ich habe ein Doppelbett für mich und Jens hat gar ein Dreifachbett. Natürlich mit Moskitonetz. Auf der Wohlfühlskala bewegen wir uns hier ganz oben. Aus diesem Grund beschließen wir, hier heute einen Ruhetag einzulegen.

Der Besitzer der Anlage, ein Bekannter von Jens, nimmt uns mit in die Stadt. Hier haben wir einige Dinge zu erledigen. Unter anderem möchte ich zur Bank gehen, um Geld zu tauschen. „Was ist denn da los?“, frage ich Jens, als ich die wartende Menschenmenge sehe. „Heute ist Geldtag für…“ Ich falle Jens ins Wort: „Für die Lacandonen. Sieh mal da!“ In der Reihe stehen tatsächlich 5 Bekannte aus Nahá. Das ist ja ein Zufall. Vier Autostunden von ihrem Dorf entfernt stehen sie hier, um Geld zu holen. Wir begrüßen uns so, als hätten wir uns wochenlang nicht gesehen. Jens und ich gehen dann in unser Internetcafé.

Das Mittagessen nehmen wir wieder in diesem Taco-Restaurant ein, wo ich den frisch gepressten Orangensaft aus Versehen umkippe und einen neuen, noch größeren bekomme. Die Kombination scharfes Fleisch mit süßem Obst schmeckt hervorragend. Wir bereden unseren weiteren Tourenplan. Aufgrund gewisser Umstände entscheiden wir uns dafür, morgen nach Cancun zurückzufahren. Dazu wollen wir einen klimatisierten Reisebus nehmen. Das Reisen mit diesen komfortablen Bussen ist relativ angenehm. Man hat auch eine Toilette zur Verfügung. Es werden Filme gezeigt, wenn man Glück hat, in englischer Sprache mit spanischen Untertiteln. Wir kaufen die entsprechenden Tickets und zahlen umgerechnet rund 20 € pro Nase für diese gewaltige Entfernung.

Am Nachmittag setzen wir uns in den Cafeteriabereich unseres Ranchos, um bei Bossa-Nova-Musik und einem kühlen Bierchen die Aufzeichnungen zu vervollständigen. Als ich mir dazu einen Tequila gönne, fällt mir Hemingway ein, der es mit einer solchen Lebensweise zu Weltruhm brachte.

Ich ziehe mit Blick auf die bereits hinter mir liegenden Reisetage eine Zwischenbilanz: Ab Flores/Tikal, insbesondere entlang des Usumacinta ist dieses Mayaland wirklich atemberaubend. Hier erlebt man den Dschungel in seiner wildesten Form. Die Mayastädte haben mich mit ihrer Individualität überrascht. Obwohl derselben Kultur zugehörig, erlebte ich immer wieder aufs Neue beindruckende Kulissen gleichermaßen geschmackvoll wie auch praktisch zusammengestellter und in die lokale Topologie geschickt eingepasster Bauwerke. Die Art unserer Reise lässt leider ein längeres Verweilen und damit den Blick auf viele interessante Details nicht zu. Wir hätten Zeit gewinnen können, wenn wir direkt von Cancun nach Flores geflogen wären. Dann wären mir einige wertvolle Eindrücke, aber vor allem auch die erforderliche Gewöhnung an das Land entgegangen. Nicht entgangen, weil auf dieser Tour nicht mit in Betracht gezogen, aber sicherlich großartig wären Abstecher in die bedeutenden Mayastädte Caracol, El Mirador und Calakmul gewesen.

Damit hätten wir unseren Zeitrahmen deutlich überschritten. Ich muss resümieren: Es passt so wie es ist. Mein Reiseleiter hat bisher alles richtig gemacht.

Dieser besinnlichen Phase folgen Gespräche mit Jens über derartige neue Projekte, die auch unseren Lacandonenfreunden in Nahá zugute kommen. Das Thema bildet auch den kulturellen Rahmen für ein gemütliches Abendessen auf der Terrasse unserer Hütte. Der zahme Hauspapagei wirft uns ob unserer Früchte einen gierig-neidischen Blick zu.

Es wäre ein Tag gewesen, den man mit einem unspektakulären „Okay“ abhaken könnte, wäre da nicht noch unser kleiner Ausflug ins „Pan Chan“ gewesen. Sicher ist es der tollen Live-Musik zuzurechnen, dass die gesamte recht große Freisitzfläche voll besetzt ist. Wir ziehen herum, betrachten die kleinen zumeist Kunst- und Schmuckartikel an den entsprechenden Verkaufsständen.

Meine Frage „Tienes un gecko?“ wird an einem der Tische bejaht. Es ist nicht immer ganz so einfach mit den Andenken, die man für seine Lieben zu Hause mitbringt. Aber in diesem Falle wird sich meine Frau Kerstin freuen.

Für meine Tochter Laura habe ich ja neben dem Handtuch aus Guatemala ein Jadeherz. Und Justus, mein leidenschaftlich gern Fußball spielender Sohn, bekommt sein T-Shirt und ein Obsidianmesser. Vielleicht bestärkt es ihn in seinem Wunsch, Archäologe werden zu wollen. Nun muss ich für Kerstin nur noch die gewünschten Muscheln auftreiben. Hier bin ich allerdings trotz Internetrecherche nicht sicher, was man überhaupt mitnehmen darf. Die Aussagen dazu sind widersprüchlich.

Inzwischen habe ich auch zwei freie Plätze bei zwei jungen Frauen gefunden. Ich erkundige mich höflich, ob ich mich setzen darf, und initiiere einen Smalltalk. Zum Glück können wir uns englisch verständigen. Als Jens mit einem „Hallo, ein Platz mit guten Aussichten“ hinzukommt, kriegt er ’ne deutsche Antwort: „Man kann doch nichts sehen. Es ist doch dunkel.“ Die beiden Schweizerinnen können seinen Gedanken wohl nicht ganz folgen. Wir erfahren, dass die beiden Mädels sechs Wochen lang Mesoamerika durchstreifen wollen. Auch andernorts laufen uns hier junge Leute über den Weg, die einfach mal wochenlang hier herumziehen. Zwar folgen sie im Allgemeinen den Touristenpfaden und nutzen Hostels und Reisebusse, erleben aber sicher einen ähnlich spannenden Urlaub wie wir.

Richtig spannend ist auch unser Heimweg. Ohne Lampe ist man hier erschossen. Komisch, dass wir auch beide keine Stirnlampe mithaben. Zum Glück hat Jens seine Minisolarlampe am Gürtel. Das Teil erzeugt zwar kein Flutlicht, aber wir können wenigstens sehen, ob vielleicht eine Schlange vor uns über die Straße schleicht. Wir stoßen auch tatsächlich auf ein derartiges Tier. Keine Gefahr: „Wurde wohl überfahren“, meint Jens. Ohne weitere Abenteuer zu erleben, gehen wir in unsere riesigen Betten. Nach kurzem Kampf mit meinem Moskitonetz schlafe ich ein, bewegt von Vorfreude. Morgen besuchen wir den berühmten Pakal, den Tutanchamun der Maya!

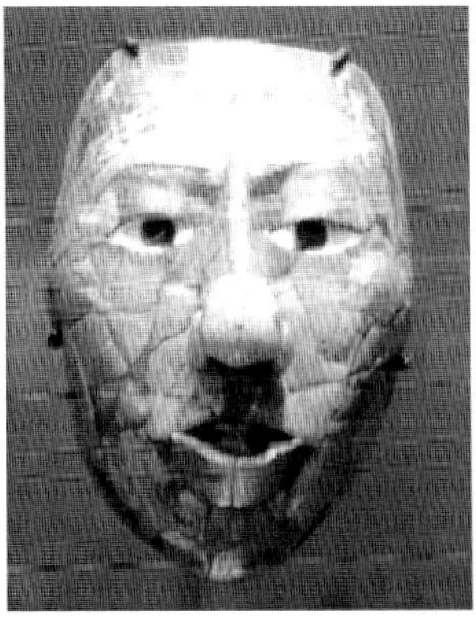

Tag 17: 12.19.16.10.17 3 Kaban 15 Yaxk‘in

7 Uhr ist eine gute Zeit zum Aufstehen, wenn man ganz heiß darauf ist, 8 Uhr zu den ersten Besuchern der Ruinenstadt Palenque zu gehören. Für die Morgentoilette und das Sachenpacken brauchen wir eine halbe Stunde. Nachdem mir Jens auf dem Gelände unseres „Rancho Safari“ einen Kakaobaum gezeigt hat, brechen wir gen Lacam-Há auf. Letzteres bedeutet „Großes Wasser“ und meint das Palenque der Mayaklassik am Flüsschen Otulum. Vor dem Eingang zur Stadt bieten Händler ihre Andenken, Schmuck- und Deko-Artikel an. Wir staunen nicht schlecht, als wir in einem Mayashop ein riesiges Plakat sehen, von dem uns unter anderem Chan K'in Viejo mit seiner Frau Maria Koh sowie Chan K'in Antonio Martinez, unser Don Antonio, umgeben von seinen Balché-Bechern, anlächeln.

Meinen Rucksack muss ich beim Betreten der archäologischen Stätte abgeben. Das Tagebuch nehme ich aber mit, es hat mittlerweile einen sehr hohen moralischen Wert. Es darf keinesfalls abhanden kommen. Andererseits, weil es hier genau wie in Tikal unheimlich viel zu sehen gibt, sind Vor-Ort-Notizen sinnvoll. Ich gebe zu, dies nicht zu praktizieren, da es mich ungeduldigen Menschen zu sehr aufhalten würde und damit andere Attraktionen unter den Tisch fallen würden. Einschließlich des Museumsbesuches braucht man ohne solche Pausen einen ganzen Tag. Ich kann schon vor der Besichtigung ermessen, was mich hier erwartet. Hätte ich mich im Vorfeld der Reise für genau eine Stadt entscheiden müssen, wäre meine erste Wahl Palenque gewesen. Dementsprechend aufgeregt wie Weihnachten vor der Bescherung marschiere ich entschlossen in Richtung Tempelanlagen. Der Weg ist zu kurz dafür, dass Jens mich hätte umfassend einstimmen können, was mir aufgrund meiner Ungeduld auch ganz recht ist.

Ich erstürme als erstes Bauwerk den Palast mit dem Grab der Reina Roja, der „Roten Königin“. Der Sakophag ist leer. Diese Dame, sehr wahrscheinlich die Frau des Königs Pakal, befindet sich meines Wissens in Mexiko-City, wo sie untersucht bzw. eingelagert wird. Über die Rote Königin habe ich schon einiges gelesen. Somit ist dieser Sargraum für mich auch ohne besondere Exponate interessant. Gleich nebenan befindet sich der viel berühmtere Tempel der Inschriften, jenes Bauwerk, welches das Grab des legendären Pakal II birgt. Jens hatte vor über 10 Jahren mehrere Dutzend Mal das Vergnügen, in die Krypta hinabzusteigen, bevor sie für die Öffentlichkeit gesperrt wurde. Als Ersatz dafür kann man heute im Museum eine Nachbildung des Grabes mit der einzigartigen Platte bestaunen. Pakal, am 26.3.603 geboren, regierte die beachtlich lange Zeit vom 29.7.615 bis zum 31.8.683, also über 68 Jahre. Er gestaltete somit die Blütezeit der Mayaklassik entscheidend mit. Der Beiname „Herr der fünf Pyramiden" belegt seinen Baueifer.

Einen kräftigen Steinwurf entfernt vom Tempel der Inschriften befindet sich der Komplex der Palastanlage. Bekannt unter anderem durch Stevens und Catherwood gehört der Palastturm zu den attraktivsten Zeichen- bzw. Fotomotiven der Mayawelt. Seine Bestimmung ist wohl nicht eindeutig fixiert, astronomische Beobachtungen von dort aus sind aber sehr wahrscheinlich.

Was würde ich dafür geben, um in diesem Turm übernachten zu können, so wie die ersten Entdecker. Schade, man darf ihn gar nicht mal betreten. Dennoch, ich stehe schon mal davor. Das zugehörige Foto erfüllt mich mit großer Zufriedenheit. Jeder Mensch trägt Symbole in sich, die in ihrer Bedeutung dem Olymp gleichkommen, also irgendeine fiktive, persönlich sehr wirkungsvolle Energie beherbergen. Man kann sich dem Einfluss des Mystischen und dem gleichzeitig Kraftspendenden nicht entziehen. Im Gegenteil, es zieht dich in seinen Bann. Es packt und fesselt dich. Oder ganz banal: Diese Gebilde sind auch schon ohne deine Zuneigung sehr bedeutungspotent. In meiner frühen Jugend war es das Raumschiff „Enterprise". Nun sind es reale Objekte wie hier im Mayaland der Usumacinta, der Palastturm von Palenque sowie die Kulkulkan-Pyramide und das Observatorium von Chichén

Itzá. Andere Leute ziehen es lieber vor mit Delphinen zu schwimmen. Apropos Wasser: Schnell wird man darüber hinweggetröstet, dass man den Turm nicht betreten kann, weil sich sehr viele interessante Objekte in seinem Umfeld befinden. Mich beeindrucken die Toilettensteine und die Tatsache, dass die Maya eine Sauna betrieben.

Als in mehrfacher Hinsicht sehr interessant erweist sich der „Hof der Gefangenen". Einige Reliefs von gefesselten Figuren sowie die sechsstufige Opfertreppe zeigen an, dass hier ein Ort der Vorführung und Erniedrigung jener war, denen die Götter bei ihrer Kriegsführung nicht zum Sieg verholfen hatten. Auf der Hieroglyphentreppe ist die für unsere Kalenderkorrelationsbetrachtungen sehr bedeutsame Mondfinsternisglyphe in Verbindung mit einem Datum zu finden. Klasse! Um Fotos von dem weggesperrten Himmelsband zu bekommen, müssen wir einen der mit Restaurierungsaufgaben betrauten Arbeiter fragen.

Unser Weg durch das Gelände führt uns über den Otulum bergan unter anderem zum Thron von Pakal-Enkel Schildkröten-Papagei. Es handelt sich hier um eine Nachbildung, auf der die spannenden Hieroglyphentexte bestens erkennbar sind. Jens lenkt meine Aufmerksamkeit auf das Inschriftendatum 12.10.1.13.2. Über dieses sensationelle Datum haben wir schon bei Luna gesprochen. Unter Beachtung des Kontexts landen wir nach Umrechnung beim gregorianischen Datum 10.3.3309 v. Chr., also vor Beginn der Langen Zählung unserer Ära. Diese außergewöhnliche Angabe beschreibt die Krönung des Maisgottes durch den Götterchef, quasi den „Zeus" der Mayas, Himmelsgott Itzamná. Der antike Rechner hatte echt was drauf. Er schaffte es nicht nur, die richtige Kalenderrunde 9 Ik´ 5 Mol zuzuordnen, auch die Angaben zum Mond passen. Absolut korrekt.

Wozu betrieben die Maya den nicht unerheblichen Aufwand, solch ein Datum zu konstruieren? Das zeigt sich im Vergleich mit den weiteren Datumsangaben: Die Krönung der ersten Göttin als Königin von Palenque im Jahr 2325 v. Chr. fand am Tzolkin-Tag 9 Ik´ statt… und schließlich erfolgte die Krönung des realen Königs Schildkröten-Papagei am 3.1.722 an genau diesem Tag 9 Ik´. Der König in der Reihe wichtiger Götter! Gibt's da noch Zweifel an seiner göttlichen Herkunft? Das Zeichen Ik´ mit der Bedeutung „Seele (der Ahnen)" wurde im Palast bereits vor Schildkröten-Papageis berühmten Großvater Pakal sehr oft verbaut.

Einige Sehenswürdigkeiten später stehen wir vor dem Tempel des Blattkreuzes. Hier nehme ich eine GPS-Messung vor. Es zeigt sich, dass er mit dem Kreuztempel auf der Nord-Süd-Linie liegt. Jens vermutet unter dem

Kreuztempel das Grab des Chan Bahlum bzw. Schlangen-Jaguar, des erstgeborenen Sohnes von Pakal. Ich gerate in Goldgräberstimmung. Nützt mir nur nichts. Wir gehen weiter.

Zu dieser Tempelgruppe gehört noch der etwas kleinere Sonnentempel. Zum genaueren Betrachten der Inschriften dieser Tempel empfiehlt sich ein Griff etwa zu Linda Scheles Buch, weil die Originale in keinem guten Zustand mehr sind. Schade, dass der Zahn der Zeit solche Details zerknabbert. Es wäre zu schön, könnte man diese Bauwerke in ihrem Neuzustand sehen. Oder besser: Hätte ich die Möglichkeit, einen Tag der klassischen Mayazeit miterleben zu dürfen, ich hätte ohne zu zögern den 23.7.690 gewählt. Damals muss eine gigantische Einweihungsfeier dieser Tempelgruppe hier in Palenque stattgefunden haben.

Jens, der Jäger und Sammler, nimmt sein Mittagessen in Form aufgelesener Avocados ein. Danach beschäftigt er sich mit Vögeln. Er filmt ein Pärchen im Nest. Die schmucken blaugelben Tiere haben ihr Heim auf einem zentral und einzeln stehenden Baum mit bester Panoramaaussicht auf die historische Kulisse gebaut. Man ist fast geneigt zu glauben, dass ihnen die Exklusivität dieses Ortes bewusst ist. Unser Weg führt uns dann erstmal weiter den bewaldeten Berg hinab zum „Bad der Königin“. „So ausgetrocknet habe ich es noch nie gesehen“, sagt Jens über das Becken unterhalb des

Otulum-Wasserfalls. Nur wenige Schritte weiter bin ich schwer beeindruckt von Gebäuderesten im verwildertsten ursprünglichen Zustand von gewaltigen Bäumen überwachsen. Da ist es wieder, dieses angenehme Herzklopfen. Solcherart in archäologisch jungfräulichem Zustand befindliche Paläste vermitteln es, das unbeschreiblich bewegende Gefühl, an einer großen Entdeckung live teilzunehmen. Es ist einfach ergreifend.

Unsere Tour durch das Palenquegelände beanspruchte über sechs Stunden. Normale Führungen dauern ca. 2 ½ Stunden. Ich würde gern noch viel mehr sehen, aber wir haben ja noch den Museumsbesuch vor uns. Dieser ist schon deshalb unbedingt empfehlenswert, weil ja hier die Nachbildung des Pakalgrabes zu sehen ist. Vor dem Gang in das moderne Museumsgebäude unterbricht ein kurzes Mittagessen unsere Besichtigungen. Mit vollem Bauch, was bei der herrschenden Hitze nicht vorteilhaft ist, betreten wir die reichhaltigen Ausstellungsräume. Zunächst stellt mir Jens einige interessante Inschriften vor. Eine sehenswerte Sammlung von Weihrauchzylinderfiguren, Jadeschmuck und weitere bewundernswerte Exponate verlangen selbst dem nur oberflächlich interessierten Besucher ein Staunen ab, so dass auch hier die Minuten im Fluge vergeht. Die Zeit im eigens dafür eingerichteten Sargraum ist begrenzt. Eilig versuche ich so viele Details wie möglich zu betrachten.

Figuren und Inschriften des Sarkophags werden sehr ansprechend präsentiert und angemessen erläutert. Meine Trumpfkarte Jens muss ich hier wenig bemühen. Dieser Ort ist bedingungslos empfehlenswert. Für uns heißt es nach 17 Uhr Ende eines einzigartigen Mayakulturtages in der Stadt des Großen Wassers. Für Jens ist es ja nur ein Verlassen der Stadt bis zum nächsten Mal. Aber auch für mich soll es kein Abschied für immer sein. „Ich komme wieder, Palenque. Hasta la proxima.“

Wie bereits erwähnt, müssen wir zurück nach Cancun. Die Abfahrt erfolgt 20 Uhr in Palenque, die voraussichtliche Ankunft soll ca. 12 Stunden später sein. Kurz nach der Abfahrt mutiert der Bus zum Kühlschrank. Bloß gut, dass wir die Schlafsäcke dabeihaben. Als Jens von einer 200 km langen Baustelle spricht, denke ich, er macht einen Witz. Ständige Militärkontrollen verschaffen uns zusätzliche Zwangspausen. Wir schlafen irgendwann trotz Baustellengerüttel ein. Meine letzte Wahrnehmung sind ähnliche Busse wie unserer. Ein Konvoi? Steckt da ein Sinn dahinter? Und wann hört bloß diese Baustelle endlich auf?

Tag 18: 12.19.16.10.18 4 Ets'nab 16 Yaxk'in

Temperaturen, die sich anfühlen wie knapp über dem Gefrierpunkt, Dunkelheit und das gleichmäßige Brummen des Motors waren meine ersten Wahrnehmungen heute Morgen. Seither sind schon einige Stunden vergangen. Jetzt, nach knapp 14 Stunden Fahrzeit ist absehbar, dass wir ca. in einer weiteren Stunde in Cancun sein werden. Das sind vier Stunden Reisezeit mehr als die Flugzeit von Frankfurt nach Cancun betrug! Mich interessieren noch ein paar Details zur Grabplatte von Palenque. Spätestens seit Erich von Dänikens Astronauten-Hypothese ist diese Platte sehr populär geworden.

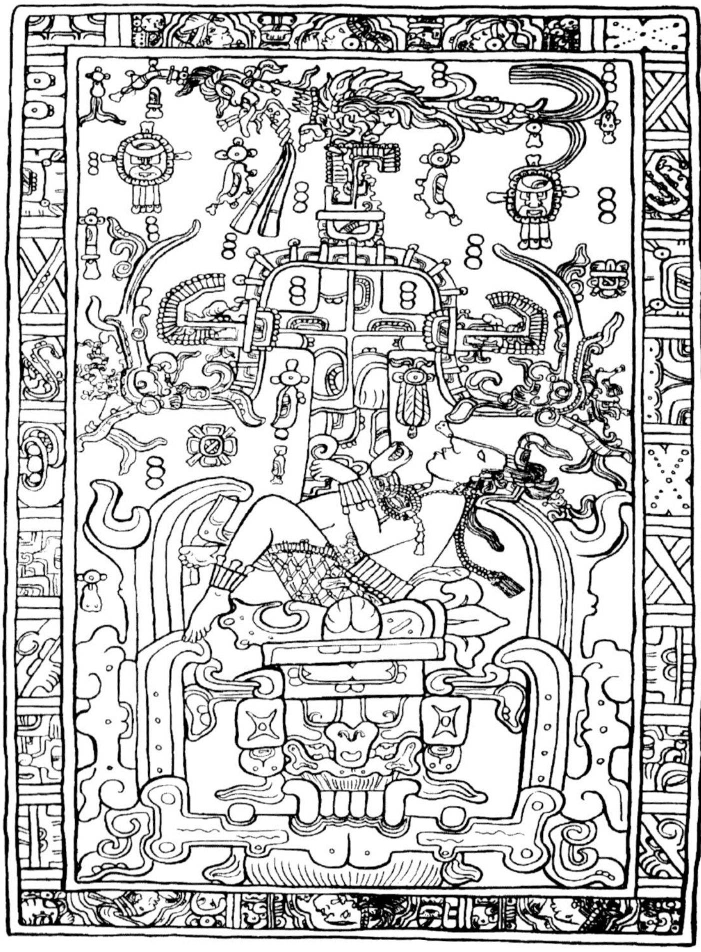

Von einem klaren Durchblick bin ich selbst weit entfernt. Schlimmer noch, ich bin geneigt, Raketendetails zu suchen, obwohl ich nicht unter Alien-Paranoia leide wie unser verehrter Don Eric. Jens, der diese Zeichnung von der Sarkophagplatte angefertigt hat, muss ja wissen, was er da gezeichnet hat. Der „Astronaut" ist König Pakal. Die Ein-Mann-Rakete wird im unteren Bereich aus zwei Schlangenköpfen gebildet. Die Feuerstrahlen sind Barthaare. Das Kreuz über Pakal symbolisiert den heiligen Ceibabaum usw. Alles klar? Natürlich nicht. Statt Schlangen und Baum sieht man eher eine Rakete! In „Don Eric und die Maya – 23. Dezember 2012 – Werden die Götter wiederkommen?" brauchen wir ein Kapitel mit 27 Seiten, um die Grabplatte zu erörtern. Jens kennt diverse Stilelemente, die an anderen Stellen auch auftauchen und daher in ihrer Deutung klar sind. Ja, auch die Maya abstrahieren in ihrer Kunst, es gibt wiederkehrende Motive usw. Man muss die Mayabilder lesen lernen.

Die letzte Stunde verging wie im Fluge. Wir verlassen den Bus. Ein Schritt bedeutet 20° Temperaturunterschied! Auf der Hitliste der dringendsten Probleme steht das Duschen. Unsere Aktivitäten in Cancun sind für unsere Mayaland-Tour nur insofern von Bedeutung, dass wir beschlossen haben, die Hauptstadt von Yukatan, Merida, sowie weitere geplante Besuche von Mayastädten wie Uxmal und Chichén Itzá mit einem Mietwagen durchzuführen. Für die entsprechende kleine Rundfahrt planen wir vier Tage mit entsprechenden drei Hotelübernachtungen ein. Ein gesetztes Datum ist der Chichén Itzá-Besuch am Sonntag, weil wir uns dort mit einer Freundin, Alondra, treffen wollen.

Mittlerweile haben wir einige Gigabytes an Fotos und Videoclips angehäuft und damit mehrere SD-Karten und USB-Sticks randvoll gefüllt. Deshalb war es sicher nicht die schlechteste Idee, hier eine externe Festplatte zu kaufen. Unser Exemplar ist für solcherart Reisen, wie wir sie unternehmen, sehr gut geeignet, da sie vor Erschütterungen besonders geschützt sein soll. „Testen wir das mal", schlage ich vor. „Ich schmeiße doch meine neue Festplatte nicht herunter", empört sich Jens. „Brauchst du auch nicht. Da reicht eine Autofahrt wie jene nach Naranjo."

Da ich unterwegs öfter Dateien auf den Server meines Homepage-Providers hochzuladen habe, empfiehlt sich das Mitführen eines portablen FTP-Programms wie z. B. FileZilla. Auch weitere Standardanwendungen, die man immer dabeihaben will, wie den portablen Firefox Browser, ein Grafik- und ein Textverarbeitungsprogramm usw., kann man auf der Platte oder auch schon auf einem Stick bereithalten. Somit ist man unabhängig von den jeweiligen lokalen Installationen mit fremdsprachigen Menüs usw. und genießt überall die gewohnte Computerarbeit. Für besonders Hartgesottene, die in entfernten Gegenden unseres Planeten auch mal schnell was zu Administrieren haben, um etwa einen Nahá-Rechner internet-fit zu bekommen, gibt es auch portable Helferlein. Ich behaupte mal, so kommt man sogar in Asien zurecht, sofern der betreffende Rechner den Bill-Gates-Befehlen gehorcht.

Heute gehe ich zur Abwechslung mal in die Klamottenläden. Das lohnt sich für mich im doppelten Sinne: Markenjeans gibt's zu sehr attraktiven Preisen. Und hier gibt es kurze Größen im Überfluss! Das heißt für mich, dass ich eine Hose kaufen kann, die nicht von meiner Schwiegermutter gekürzt werden muss. Letzterer danke ich an dieser Stelle für derlei Hilfe in Form des Auf-den-Leib-Schneiderns. In einigen der hiesigen Läden lädt schon die originelle Dekoration zum Hineingehen ein.

Die Restaurants sind fast alle leer. Viele kleine Lokale sind geschlossen. Wer sich etwas umsieht, entdeckt Dekorationen, die man besser als Kunstausstellungen bezeichnen sollte. Natürlich allgegenwärtig – Motive aus der Mayawelt:

Die wenigen Touristen, die sich nicht durch die von den Medien geschürte Schweinegrippenpanik von einem Cancun-Urlaub abhalten ließen, werden in der Regel in den Hotels voll verpflegt. Hinzu kommt, dass die Hotelzone relativ weit entfernt ist, so dass sich kaum Touris in die Stadt begeben, was wiederum die Attraktivität der ohnehin schon nicht sonderlich schönen City vermindert. Dennoch findet man auch ganz tolle Bars, Restaurants und Diskos. Die an dieser Stelle als Beweis eingefügten Videoclips hat mir der Verlag wegen drucktechnischer Probleme gestrichen. In die Rubrik Kuriositäten fällt dieser Ort im Lokal, wo die Verniedlichung des Begriffs zum Wort Örtchen obligatorisch ist:

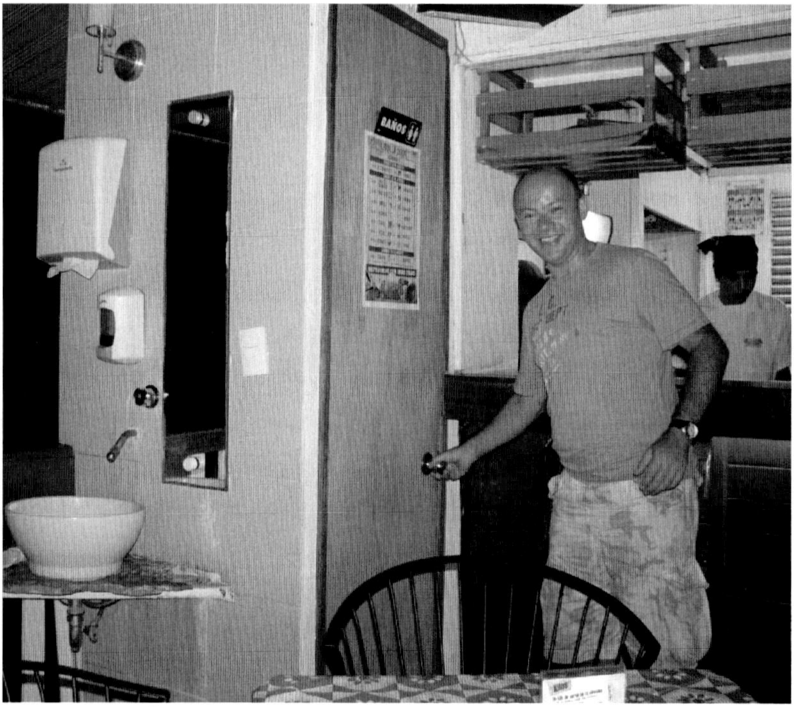

Man hat das Gefühl, mitten im Trubel zu thronen, hört man doch die Geräusche der unmittelbar dahinter verlaufenden Straße oder der daneben befindlichen Küche. Selbstverständlich bekommt man auch die Aktivitäten im Gastraum mit, was man umgekehrt sicher nicht so wünscht. Wahrscheinlich hat sich der Erfinder der Dixi-Klos von solch einer raumknappen Problemlösung inspirieren lassen.

Tag 19: 12.19.16.10.19 5 Kawak 17 Yaxk'in

Heute wird es nicht viel zu berichten geben – erst morgen wieder, denke ich nach dem Aufstehen. Am Vormittag leisten wir einige geistige Klimmzüge, indem wir einen fachlich anspruchsvollen Artikel verfassen. Dann brechen wir mit einem kleinen Rucksack auf, welcher Gepäck, besser gesagt einige unbedingt notwendige Kleinigkeiten für die nächsten vier Tage enthält. Zunächst verbringen wir eine Stunde am Karibikstrand in der Hotelzone. Abgesehen von den riesigen Bettenburgen, die sofort an den breiten Strandbereich anschließen, kann man sich hier richtig wohlfühlen. Hier und da liegen vereinzelt einige Sonnenanbeter bzw. Badelustige herum. Man hat den Strand fast allein für sich. Kein Vergleich mit Rimini in der Hauptsaison. Das Wasser ist allerding ziemlich warm, was eine echte Abkühlung unmöglich macht. Da ist das anschließende Bierchen im Hardrock-Café genau das Richtige.

Ich bin ja auch deshalb in Feierlaune, da ich gerade einige angsterfüllte Minuten ohne das Eintreten der schlimmsten Befürchtungen überstanden habe. An unseren abgelegten Sachen hat sich keiner vergriffen, während wir im Wasser waren. Immerhin war alles Wichtige und Wertvolle dabei.

Kurze Zeit später wickeln wir in der Stadt alle notwendigen Formalitäten ab, um mit einem Mietwagen gen Westen nach Mérida aufbrechen zu können. Wir trennen uns von 500 Dollar, die wir als Kaution hinterlegen müssen, und dürfen für 450 Pesos pro Tag, das sind 25 €, mit einem Mittelklasseauto von Nissan losfahren. Dem Wunsch des Vermieters, während unserer Abwesenheit die Ausweise bei ihm zu lassen, wollen wir auf keinen Fall nachkommen. Er organisiert sich dann Kopien. Als hätten wir uns schon ewig nicht mehr gesehen, haben wir während der Fahrt viel zu bereden. Irgendwann kommen wir natürlich zum Thema Mayakultur Yucatáns.

In dem von uns nun bereisten Bereich hat Jens ein echtes Heimspiel, führen ihn doch die meisten seiner Ausflüge mit Touristen in die bedeutendsten Mayastädte Nordyucatáns. Diese Region gelangte erst in der Endklassik zu größerer Bedeutung und erreichte ihre Blütezeit etwa zwischen 900 und 1250. Weitere zwei Jahrhunderte später ist mit dem Untergang Mayapáns der Untergang der Maya-Hochkultur auch hier besiegelt. Neue Architekturmerkmale im so genannten Puuc-Stil, spezielle Masken, Ornamente und Dekorationen, dominieren die Fassaden der Paläste. Nun treten auch Säulen und Gewölbeversuche auf. Hingegen scheinen Hieroglypheninschriften ausgestorben zu sein.

Wir erleben einen wunderschönen Sonnenuntergang. Das Fahren im Dunkeln erweist sich als anstrengend. Ich frage Jens, wie weit es noch bis Chichén Itzá ist und ob ich irgendwas von der Straße aus erkennen kann. „Keine Chance. Die neue Straße umgeht das archäologische Gelände“, ist seine für mich enttäuschende Antwort. Von Anfang an war nie von etwas anderem die Rede, als bis Mérida durchzufahren und dort ein Hotelzimmer zu nehmen. Plötzlich, für mich völlig überraschend, biegt Jens schwungvoll von der Hauptstraße nach links ab.

Nach kurzer flotter Fahrt passieren wir ein Pförtnerhäuschen, stellen das Auto schnell auf einem Parkplatz ab, hasten an einem Ticketschalter nur kurz abbremsend, um schnell ein Ticket zu erstehen, vorbei hinaus in die Dunkelheit. Was läuft hier? Geräusche, als liefe hier irgendwo ein Kinofilm, machen mich neugierig. Ich ahne nun, was Jens mit mir vorhat. Er überrumpelt mich gerade mit einer tollen Überraschung. Unglaublich, wie soll ich nur das übliche Maß an Vorfreude in einen so kurzen Augenblick hineinpacken? Total komprimiert. Riesige Vorfreude ganz kurz! Quasi ein Quickie, und was für einer! Da steht sie vor mir, die Kulkulkan-Pyramide, im Farbenspiel der wechselnden Beleuchtung. Mann, ich bin mittendrin in der Lichtshow von Chichén Itzá! Es ist jener Ort, der mich zu Berechnungen veranlasste, wofür ich ein Computerprogramm schrieb, worüber ich einen englischen Vortrag hielt.

Ich stehe jetzt hier und es ist einfach nur wunderschön. Nicht mehr und vor allem nicht weniger. Wunderschön! Und diese besondere Atmosphäre der Lichtshow berührt mich sehr. Zu gern hätte ich jetzt meine Familie bei mir gehabt. Nicht um etwas zu erklären, sondern um einfach zu genießen. Romantik pur.

Solch einen Abend muss man wirken lassen. Andächtig sitze ich vor diesen gerade geschriebenen Zeilen und trinke ein Bier mit Jens, der seine tollen neuen Fotos am Notebook betrachtet. Ich bin ihm sehr dankbar für diesen Coup. Ich glaube, er spürt das. Er ist nicht der Typ, der viele Dankesworte erwartet. Irgendwann sind die paar kleinen Biere ausgetrunken. „Buenas noches." Das Hotel „Pyramide Inn" hat das perfekte Zimmer für uns. Jeder schläft bequem im eigenen Doppelbett.

Tag 20: 12.19.16.11.0 6 Ajaw 18 Yaxk'in

Details über eine angenehme, aber unspektakuläre Autofahrt nach Uxmal will ich uns ersparen. Die Stadt des Zwergenkönigs hätten wir ohne die dort tätigen Arbeiter an der Zwergenpyramide fast völlig leer vorgefunden. Wir beschreiten zunächst die anlässlich eines Besuches von George W. Bush übertrieben gut ausgebauten Touristenpfade, vorbei an der Zwergenpyramide, über den Hof der Vögel, hinein in den komischerweise als Nonnenkloster bezeichneten Königspalast. An dieser Stelle ist es mal ganz nett, wenn ich über die Namen etwas verrate. Uxmal bedeutet „Ort des Überflusses", was auf reichliche Maisernten zurückzuführen ist. Nonnenkloster, Gouverneurspalast usw. sind von den Spaniern vergebene Namen. Mit der Zwergenpyramide ist eine Legende verknüpft:

Eine Hexe aus Uxmal hatte statt eines Sohnes einen Zwerg, der aus einem Ei geschlüpft sein soll. Zu dieser Zeit war eine Prophezeiung in Umlauf, dass ein Zwerg König wird. Davon war der richtige Mayakönig nicht sonderlich begeistert und forderte eine unmögliche Leistung. Daraufhin wurde in einer Nacht die Zwergenpyramide gebaut. Angeblich vom Zwerg, jedoch steckte ein Zauber der Hexe dahinter. Der König verlangte nun nur noch, dass der Zwerg vor den Augen aller eine Nuss mit seinem Kopf zerschlägt. Er schaffte dies sogar. Nun war der König, der eigentlich beabsichtigte, dass sich der Zwerg dabei totschlägt, selbst an der Reihe und schlug sich dabei seinen Schädel ein. Der Zwerg triumphierte als neuer König.

Irgendwo sitzt sowas wie eine Zwergengestalt in einer Mauernische. Ganz typisch, wie schon erwähnt, sind die vielen Figuren, Masken, Ornamente bzw. geometrische Spielereien. Abgesehen vom reichlich beschrifteten Thronsitz sucht man Hieroglyphen vergebens. Hat man die Nonnenklostertreppe erklommen, offenbart sich ein toller Überblick über die nahen und fernen Gebäude. Nach diesen Pflichtübungen lockt mich mein persönlicher Guide irgendwelche Trampelpfade entlang in den Wald. Hier verbirgt sich der unerschlossene Teil von Uxmal. An einer Stelle fragen wir uns, was eigentlich das vor uns befindliche außergewöhnliche Bauwerk darstellen soll? Seine kreisrunde Form könnte eine Abbildung der Horizontlinie sein. Ein Indiz für ein Observatorium? Weil wir zu diesem Ort der Sterne durch Gestrüpp gehen mussten, geht mir der Spruch durch den Kopf: „Per aspera ad astra."

Kurz nach unserem astronomischen Abstecher erreichen wir die so genannte Friedhofsgruppe. Ich bin wieder begeistert von der Ursprünglichkeit der Ruinen. Da aber Uxmal bis in die nachklassische Zeit bewohnt war und die Vegetation hier etwas weniger üppig ist, sind die Gebäude in nicht ganz so sehr dschungelverschlucktem Zustand wie jene klassischer Mayastädte z. B.

im Petén-Gebiet. Wir klettern herum, um interessante Details aufzuspüren. Ein derartiges Detail ist der Totenkopf mit den gekreuzten Kochen. Da waren wohl die Kariben, wie die Itzá- Maya von den Spaniern genannt wurden, die Urheber des Piratensymbols?

Wir setzen dann die übliche Begehung nach einer Runde um die Papageienpyramide in Richtung Gouverneurspalast fort. Mit fast 100 Metern Länge wirkt das Gebäude besonders imposant. Ein kleines, ganz tolles Element, auf das mich Jens mit der Nase stößt, ist die mir von einem Foto bekannte Zeichnung der Poopol-Wuuj-Figur Sieben-Papagei in einem kleinen Wohnpalast. Übrigens kann ich die Lektüre des „Poopol Wuuj – Das heilige Buch des Rates der K'ichee'-Maya von Guatemala" jedem Mayafreund aus Überzeugung empfehlen. Wie ein exotisches Märchen stellt Jens die Mythologie und Geschichte dieser Maya dar.

Wir fahren weiter nach Labná. Diese Maya-Kleinstadt ist mir nur vom Namen her bekannt. Ich weiß nicht, was mich da erwarten wird. Die Besonderheiten dieses Ortes sind der gewaltige Torbogen sowie Palasträume, die fast runde Gewölbedecken besitzen. Diese Weiterentwicklungen des Kragbogens lassen vermuten, dass es nicht mehr lange gedauert hätte, bis die Maya das echte Gewölbe gebastelt hätten. Ich fotografiere auch in ihrer Tiefe und Räumlichkeit einzigartige Skulpturen.

Die nächste Station heißt Kabáh. Ist es wirklich sinnvoll noch eine dritte Mayastadt an einem Tag aufzusuchen? Man sieht wieder Pyramiden, Paläste… und fährt wieder weg. Hautsache ist, man war eben da. Nein, ganz anders: In keiner der vorherigen Städte hatte ich so intensiv das Gefühl, wie in meiner Kindheit durch unbekanntes Terrain zu räubern. Auf Kabáh habe ich einen völlig neuen Blick. Während Jens die nicht mehr vollzählig vorhandenen Regengötter an der Fassade gedanklich vervollständigt, um auf insgesamt 249 zu kommen, krieche ich mit besonderer Abenteuerlust vornehmlich in solche Ecken, wo Gebäude und Natur eine Symbiose bilden. Ich betrachte Räume, aus denen Bäume herauswachsen oder Gewölbe, die teilweise eingestürzt den Blick auf den Dschungel freigeben.

Mein derartiges Interesse gipfelt letztlich im Fotografieren von Pflanzen an Stellen, wo Pflanzen absurd sind: mitten auf Steinhaufen oder in dunklen Räumen quasi aus dem Stein herauswachsend. Zwischendurch mache ich auch Fotos von Eidechsen und Leguanen. Ich bin völlig vertieft in diese besondere Verflechtung von Ruinen und Natur. Diese Nachmittagstunden haben etwas Meditatives, etwas Spirituelles. Ich bin sehr weit entfernt von der

Welt um mich herum, bis mich Jens daran erinnert, dass wir Hunger haben sollten. Ach sieh an, Jens gibt's ja auch noch. Er hat an einer für ihn offenbar überaus wichtigen Stelle eine Stunde darauf gewartet, dass der Schatten sein potentielles Fotomotiv, zwei Kriegerfiguren, freigibt. So hat jeder von uns seine Details von Kabáh allein und in sich selbst versunken erlebt. Die ganzheitliche Wahrnehmung dieses hellen und ruhigen Ortes als eine sehr schöne Ruinenstadt gelingt mir erst zum Abschied.

Den Hunger bekämpfen wir auf der Rückfahrt im Restaurant „Halach Winik" mit dem vollen Programm von Vorspeise über Hauptgericht und Dessert bis Absacker-Kakerlakentrunk, einer Spezialität des Hauses. Unsere Fahrt nach Mérida führt an der unter Mayakunstinsidern bekannten Keramikwerkstatt von Rodrigo und Patricia Martin Morales vorbei. Hier werden die wohl besten Nachbildungen von klassischen Keramikgegenständen usw. hergestellt. Davon überzeuge ich mich in der Werkstatt und im Verkaufsraum.

Vorsicht, das sieht alles so echt aus, dass man bei der Ausfuhr Probleme bekommt. Also, die Beurkundung keinesfalls vergessen! Es waren der Höhepunkte für diesen Tag genug, sollte man meinen. Ich möchte aber nicht verschweigen, dass wir in Mérida in Sichtweite der Kathedrale Quartier beziehen. In diesem Kirchenhaus findet auch gerade bei unserer Ankunft eine besondere Weihe unter Teilnahme des Bischofs und weiterer sehr feierlich begrüßter Würdenträger statt.

Wir sehen uns den pompösen Rummel vor den Kulissen katholischer Macht eine Weile an, um uns dann ins Hostel zurückzuziehen. Unser Blick vom Balkon auf den Zocalo, den zentralen Platz Méridas vor der Kathedrale, lässt das Gute-Nacht-Bier besonders gut schmecken.

Tag 21: 12.19.16.11.1 7 Imix 19 Yaxk'in

Nach vitaminreichem Frühstück haben wir nur noch Appetit auf Kultur, weshalb wir in Richtung Museum aufbrechen. Beim Gang durch die Straßen Méridas fallen Kontraste auf. Wunderschöne, saubere Plätze und Gebäude unweit entfernt von maroder Bausubstanz und Schmutz. Autos, die bei uns schon lange keine mehr sein dürften, zwischen den neuen Wagen jener, die dazu das Geld aufbringen können. Der Gesamteindruck bleibt positiv. Farben und Lebensfreude dominieren. Die Stadt hat Stil, Kolonialstil.

Das in dem feudalen ehemaligen Gouverneurspalast untergebrachte Anthropologische Museum hat vielerlei einzigartige Originalteile, hauptsächlich aus Chichén Itzá, zu bieten. Allein das besondere Gebäude vermittelt Hochwertigkeit und damit den Eindruck, dass es hier um wahre Schätze geht. Ausreichende Kapazitäten an Batterieenergie und Speicherplatz gehören zur essenziellen Ausrüstung des interessierten Besuchers. Fotografieren, natürlich ohne Blitzlicht, ist erlaubt. Ich möchte an dieser Stelle keinen kompletten Museumsrundgang beschreiben. Dass sich ein solcher hier unbedingt lohnt, kann man sich sicher vorstellen. Hier, im Herzen des späten Mayalandes, hat man außergewöhnliche Stücke von Skulpturen, Inschriftenblöcken, Schmuck,

Waffen bis hin zu Alltagsgegenständen wie die vielen Keramikgefäße usw. zusammengetragen, um sie thematisch und liebevoll arrangiert zu präsentieren. Auch meine eifrig hobbymäßig töpfernde Frau hätte hier begeistert verweilt. Jens und ich halten öfter an speziellen Exponaten inne, weil sie besondere Kunstfertigkeiten oder originelle Darstellungen von Motiven der Mayawelt aufweisen. Ja, wir erleben hier eine Fundgrube, wo zum Teil außergewöhnliches Material in einer sonst draußen in den Mayastädten nicht möglichen Vielzahl und Dichte zu bestaunen ist. Das betrifft insbesondere die wertvollen Kleinteile.

Klar, dass wir diskutieren, spekulieren und resümieren. So ermitteln wir etwa das auf dem Ballspielring von Oxkintok' nur teilweise erkennbare Datum, um später im ersten Schritt den vollständigen LongCount und damit im zweiten Schritt unser (gregorianisches) Datum herauszubekommen.

Solcherlei Knobeleien machen schon deshalb großen Spaß, weil meist die Angaben in den Beschreibungen, wie hier „713 oder 714", derart unpräzise sind, dass wir da einiges mehr herausholen können. Zufriedenheit und Stolz sind der Lohn dafür, dass man mitreden kann oder eben gar einen Schritt weiter gehen kann – in meinem Falle Konsequenz der diesbezüglichen Hobbyaktivitäten. Aber ohne die Hilfe von Jens würde ich meist nicht weit kommen. Gerade, wenn es um teilweise zerstörte Datumsinschriften geht, sind seine Fähigkeiten sowohl zu lesen als auch sofort im Kopf zu rechnen sicherlich als sehr professionell zu bewerten.

Mit einem Gefühl tiefster Zufriedenheit verlassen wir also das Museum und bewegen uns zu einem Buchladen, der unter Mayaliteraturbegeisterten ein Geheimtipp ist. Wir stellen fest, dass es natürlich die üblichen guten Standardwerke gibt. Diese besitzen wir bereits. Einige sehr spezielle Bücher, die uns ansprechen, haben auch exklusive Preise. Auf unserem Weg zurück ins Zentrum kehren wir in einen sehr niveauvollen Schokoladenladen ein. Sowohl das Ambiente als auch die Kostproben, die wir zu uns nehmen, stellen uns sehr zufrieden. Das Lächeln der hübschen jungen Frau mit den schokoladenfarbenen dunklen Augen wertet den Genuss noch weiter auf. Darüber herrscht Einigkeit zwischen Jens und mir. Da sehen wir doch mal locker darüber hinweg, dass der Dresdener Codex auf dem Schokoladenpapier falsch herum abgebildet ist.

Einen Antiquitätenladen mit den wirklich hochwertigen Stücken, wo unter anderem auch Vasen und Tassen von Patricia Morales zu finden sind, möchte ich auch kurz erwähnen. Meine Anfrage nach Codexzeichnungen löst rege Suchaktivitäten aus. Schließlich wird mir ein Auszug aus dem Madrider Codex vorgelegt. Aufgepeppt als antiquarische Sensation mit entsprechendem Preis erweist sich dieses Stück für Kenner als äußerst liederlich gezeichnete, wenn überhaupt als Grobskizze zu bewertende und damit sehr minderwertige Nachahmung der Mayahandschrift. Nein danke. Da muss man wirklich aufpassen, dass man mit solchem Mist nicht über den Tisch gezogen wird. Wir legen dann viel weniger Geld viel sinnvoller an, indem wir uns die für einen ausgiebigen Mittagsschmaus erforderlichen Lebensmittel mitsamt Biervorrat besorgen.

Das reichliche Essen sowie der unserem etwas angeschlagenen Gesundheitszustand geschuldete kurze Mittagsschlaf machen uns fit für große Entdeckertaten am Schreibtisch. Wir knacken das Inschriftenproblem vom Oxkintok‘-Ballspielring, obwohl es sich aufgrund eines Fehlers des Schreibers als schwierig erweist. Aus einem angegebenen Datum der Art 9.14.2.x.2 8 Ik‘ 13 y rekonstruieren wir nach längeren, heftigen Diskussionen 9.14.2.16.2 8 Ik‘ 13 Keej. Es ist wegen der Länge des Tzolkin-Jahres klar, dass 8 Ik‘ nur alle 260 Tage vorkommen kann. Ohne das jetzt näher zu erörtern, bedeutet dies für die in der Mitte stehende Tun-Zahl 2, dass unser x an der vorletzten Stelle der Langen Zählung nur 3 oder 16 sein kann. Jetzt kommt der Weitblick von Jens ins Spiel, der die 16 favorisiert, weil damit ein Oktoberdatum entsteht. Im Oktober erfolgt die Maisernte, d. h. die Maiskolben werden abgeknickt, was einer Enthauptung des Verlierers auf dem Ballspielplatz entsprechen kann. Wie aus 13 y 20 Keej werden, liegt sehr wahrscheinlich an einem Rechencodexlesefehler, der uns schon an anderer Stelle begegnete und an einer 2-Tage-Reform. Unser Fazit ist das gregorianische Datum 12. Oktober 714.

Nach dieser Leistung brechen wir wieder auf, um erst für geistige Nahrung in einem Buchladen und schließlich für das Abendbrot in einem Supermarkt zu sorgen. Dass wir Letzteres auf dem Balkon mit Blick auf den Zocalo mit zugehörigem Menschentrubel zu uns nehmen, versteht sich von selbst.

Angenehme Abendgespräche runden den Tag ab. Unter anderem geht es nochmals darum, dass die Maya doch nicht so unfehlbar waren. Einige uns bekannte Daten belegen dies. So hat Jens seine Zeichnungen von den Venustafeln des Dresdener Codex bereits mit Korrekturen versehen. Wie er mit den von mir auf unserer Webseite erörterten Fehlern in den Marstafeln verfahren wird, ist noch nicht klar. In die Rubrik "lebensgefährliche Fehler" sind die Inschriftenfehler von Quirigua einzuordnen. Dort haben wohl die Schreiber absichtlich Fehler eingemeißelt, weil ihr König von Copan vom Quirigua-Oberhaupt heimtückisch ermordet wurde. Eine mutige, ewig wirkende Rache.

Tag 22: 12.19.16.11.2 8 Ik' 0 Mol

Das Aufwachen heute wird von einem Gefühl innerer Zerrissenheit begleitet. Einerseits freue ich mich auf den Chichén Itzá-Besuch und auch darüber, die ganze Tour in einer Weise gemeistert zu haben, dass nur positive Erinnerungen bleiben werden. Der Abenteurer und Mayafreund in mir bedauert allerdings das bevorstehende Rundreiseende. Draußen auf dem Zocalo findet gerade eine Parade statt, als wolle das Mayaland unser Tourende mit einem Festakt besiegeln. Meine anfängliche Freude darüber wird von der Befürchtung abgelöst, dass wir hier mit dem Auto gar nicht durchkommen.

Eine Stunde später wissen wir, dass diese Befürchtung ganz unnütz ist, weil es noch viel schlimmer kommt. Wir bekommen unseren Mietwagen erst gar nicht, weil der Jeden-Tag-24-Stunden-Service seinem Namen keine Ehre macht und geschlossen hat. Klingeln? Keine Klingel zu finden. Anrufen? Keine Nummer aufzutreiben. Also erstmal zurück zum Hostel. Trotz verschiedener Anstrengungen von hier aus die Freigabe des Autos zu bewirken, bleiben wir diesbezüglich erfolglos. Immerhin bekommen wir deshalb noch eine freie Nacht spendiert und ziehen wieder in unser Zimmer ein. Toll! Und was nun? Nur nicht langweilen, lieber was unternehmen, heißt unser Motto für diese unfreiwillige Verlängerung des Mérida-Aufenthalts.

Wird hier jeder Sonntag so gefeiert? Live-Musik, gespielt von einer sehr betagten „Boy-Group", lädt zum Tanzen auf der gesperrten Straße ein. Alt und Jung folgen der Einladung den ganzen Tag lang. Jens zeigt mir das übliche Markttreiben der mexikanischen Großstadt, was sich wesentlich von jenem unterscheidet, welches ich aus Guatemalas Kleinstädten kenne. Auf unserem Weg durch die großen Markthallen gibt's allerlei Exotisches zu sehen. Meine Tochter Laura hätte sich wohl am meisten empört über die hier auch angebotenen Rochen und Haie. Fleischberge und Schweineköpfe entfalten bei der Hitze unerträgliche Gerüche. Interessant sind auch die kleinen Stände. Da verkauft die Mayafrau mir unbekannte Früchte, die extrem süß schmecken, neben dem jungen Mexikaner, der modernste Elektronik-Kleingeräte anbietet.

Zu essen gibt's überall etwas. Wir gönnen uns ein Eis. Kultureller Höhepunkt des heutigen Tages ist der Besuch des Gouverneurspalastes. Der mit Raum großzügig ausgestattete Kolonialbau aus dem 19. Jahrhundert besticht vor allem durch riesige Gemälde zur Geschichte Yucatáns. Da die Gemälde alle aus der Hand von Fernando Castro Pacheco, einem yucatekischen Künstler, stammen, wirkt die Gesamtheit einheitlich und aufgeräumt. Die

großen Figuren erinnern uns etwas an derartige Werke des deutschen Malers Willi Sitte, nur dass hier Yucatáns Ureinwohner und die Conquistadores im Mittelpunkt stehen. Ein Bild zeigt den Codexverbrenner und Kulturzerstörer Diego de Landa, der nebenbei auch Bischof von Mérida war. Seine Untaten aufzählend verlassen wir den Palast. Ein Spartanisches Mittagessen sowie nachmittägliche Computeraktivitäten lassen den Tag schnell vergehen.

Während Jens noch eifrig arbeitet, stürze ich mich ins Getümmel auf dem Zocalo. Straßenkünstler unterhalten das Volk. Familien sind gemeinsam unterwegs. Vor allem sehe ich auffällig viele Kinder. In dieser Hinsicht leisten die Mexikaner offenbar wesentlich mehr als wir, die aussterbende Nation. Ich sehe mich nach etwas zu Beißen um. Klatsch! „Sch…!“ Ein unangenehmer Treffer von oben. Jetzt rücken auch die zahlreichen Vögel in den Bäumen über mir in mein Bewusstsein. Der Appetit ist mir vorerst vergangen. „Amigo…“, werde ich angesprochen. Ein Mann deutet auf einen Eingang, der mit einem Rollladen halb verschlossen ist. „Tequila?“, fragt er lächelnd. Ich lehne dankend ab und gehe weiter. Mir ist bis dahin gar nicht aufgefallen, dass auf und um den Platz öffentlich kein Alkohol angeboten oder getrunken wird. Man stelle sich ein derartiges Oktoberfest in München vor…

Nachdem durch die Attacke von oben unbedingt erforderlich gewordenem Duschen setze ich mich im großräumigen Flur unseres Hostels in einen bequemen Ledersessel. Mir gegenüber sitzen zwei junge Frauen aus Heidelberg. Die zwei Krankenschwestern erweisen sich als echte Schweinegrippeignoranten. „Selbst wenn wir infiziert werden, davon stirbt man doch nicht“, sind sie sich sicher. „Alles Panikmache.“ In dieser Hinsicht sind wir uns schnell einig. Anja beschäftigt sich mit der esoterischen Auslegung des

Tzolkin-Kalenders. Das ist ja nun gar nicht mein Ding. „Was bedeutet denn der Tzolkin für dich?", werde ich von ihr gefragt. Nun, ich sehe ja das Thema ganz nüchtern. Ich erzähle sinngemäß folgendes: Vor ca. 3500 Jahren begann man die wichtigste Phase im Jahr des Mayavolkes, nämlich die Agrarperiode der Maispflanze kalendarisch zu gestalten bzw. zu strukturieren. Sie ersannen ein 260 Tage langes Jahr mit einigen Fixpunkten.

Ausgehend vom gregorianischen 6. Februar feierte man 4 Schöpfungstage. Der letzte dieser Tage hieß 4 K'an. Nach weiteren 40 Tagen, am Tag zur Frühlings-Tag-und-Nacht-Gleiche, ging es dann mit der Brandrodung richtig los. Dieser Tag hieß 5 K'an. Wiederum 40 Tage später, zur ersten Zenitpassage der Sonne erfolgte die erste Aussaat am Tag 6 K'an. „Astrologisch hatten die Maya richtig was drauf", unterbricht mich Anja. Ich habe jetzt keinen Bock drauf, den Unterschied zwischen Astronomie und Astrologie zu diskutieren. „Ja, sie haben den Himmel aufmerksam beobachtet und offenbar schon sehr früh Buch darüber geführt." „Und wie kommen die Maya auf 4, 5 und 6 K'an mit jeweils 40 Tagen dazwischen?", will Sabrina wissen.

Ich erkläre ihr die zwei ineinander greifenden „Zahnräder", eins mit

Zahlen von 1 bis 13 und eins mit den 20 heiligen Tagen. Einer der Tagesnamen, die sich aller 20 Tage wiederholen, heißt eben K'an. Diese niedliche Kalendermechanik bringt also die oben aufgeführten Tage hervor. Und K'an bedeutet Mais! „Okay, das reicht mir dazu", unterbindet Sabrina weitere Erklärungen. Schade, dass es mir nicht gelingt, weitere Detailinformationen zum Tzolkin an die Frau zu bringen. Meine Lehrstunde wird nicht weiter gewünscht. „Mach's gut und viel Spaß morgen in Chichén Itzá", rufen sie mir noch nach, als ich mich ins Zimmer zurückziehe.

Tag 23: 12.19.16.11.3 9 Ak'bal 1 Mol

Jetzt geht's in die Verlängerung. Der zweite Anlauf nach Chichén Itzá steht bevor. Da ich sehr zeitig wach bin, habe ich mich schon mal an die Berarbeitung der Tikal-Tempel-Koordinaten herangewagt. Nur erstmal die Berechnung von Mittelwerten und die Überführung in das Eingabeformat für mein Programm zur Ermittlung von Azimuten und Entfernungen. Mehr nicht, Chichén Itzá ist jetzt wichtiger. Ich möchte meiner groben Karte von der Mayastadt nicht so recht glauben. Der größte Ballspielplatz der Maya ist nicht in der dafür üblichen Nord-Süd-Richtung ausgerichtet? Da ist auf jeden Fall eine Überprüfung fällig. Auch die vieldiskutierten Ausrichtungen von El Castillo und El Caracol werden wir nochmal unter die Lupe nehmen. Und warum sollten wir die kleine Pyramide nicht vermessen? Vielleicht war sie der erste Versuch für das spätere Meisterwerk El Castillo. Nach gutem Frühstück gelingt uns diesmal eine pünktliche Abfahrt, ohne dass wir erst um unseren Mietwagen kämpfen müssen.

Genau wie in den anderen Mayastädten auch, liegt die Besucherzahl in Chichén Itzá spürbar unter dem Normalwert aus der Vor-Schweinegrippe-Zeit. Vom Eingang führt der Weg direkt auf das zentral gelegene El Castillo, oder besser gesagt auf die Kulkulkan-Pyramide zu. Wir nehmen die Messwerte der in unsere Richtung zeigenden Fluchtlinien auf und begeben uns dann erstmal zum Ballspielplatz. Nach kurzer Besichtigung des unteren Jaguartempels nehme ich auch am Platz Messungen vor. An den Spielfeldseitenmauern sind relativ gut erkennbar Spielszenen in Stein abgebildet. Jens stößt mich mit der Nase auf interessante Details. Mit Fragen wie „Was fällt dir an den Füßen der Spieler auf?“, „Siehst du, was dieser Spieler in der Hand hält?“ oder „Wie würdest du das hier deuten?“ hilft er mir, eine genaue Vorstellung von diesem vielzitierten Ballspiel zu erlangen. Ich sehe die Ausrustung, wie etwa zwei verschiedene Schuhe, den linken Knieschutz

und vor allem auch ganz deutlich den Schläger. Ja, hier in Chichén Itzá, auf einem Platz, der auch viel größer ist als alle Ballspielplätze, die ich vorher gesehen habe, wurde ganz offensichtlich mit einem Schläger gespielt.

Genauso deutlich erkennbar ist die Szene der Enthauptung des Verlierers. Während der Sieger mit großem Opfermesser bewaffnet den abgetrennten Kopf des Gegners hält, bleibt dem armen enthaupteten Kerl der Trost, den Maisgott symbolisieren zu dürfen, der gemäß Poopol Wuuj wieder neues Leben hervorbringt. Das finde ich alles sehr spannend.

Nach kurzem Blick auf die berühmte Cenote von Chichén Itzá beschäftigen wir uns mit weiteren umherstehenden Bauten und Palästen wie dem Kriegertempel des Gottes „Ce Acatl Tonalli Topiltzin Quetzalcoatl Tlahnizcal Pantecuhtli". (An dieser Stelle entschuldige ich mich für alle Tippfehler in diesem Buch.) Als Jens diesen Namen ohne Pause und Luftholen abspult, muss ich lachen. Dann wenden wir uns wieder der Kulkulkan-Pyramide zu. Einige Meter daneben werden ältere Strukturen wie etwa eine Plattform, auf der die ganze Pyramide steht, freigelegt.

"Das ist spannend. Lass uns genauer hinschauen", schlage ich vor. „Es sieht so aus, als wäre das gesamte Gelände um die Pyramide aufgefüllt, um die alte Plattform und weitere Gebäudereste zu vergraben", kommentiert Jens.

Und er ergänzt: „Dass unterhalb der Fassade der Kulkulkan-Pyramide eine ältere Pyramide verborgen ist, weiß man ja schon länger.

Jens und ich wollen ja mithilfe unserer Messungen ergründen, ob das Kulkulkan-Bauwerk eine „verschobene“ Perfektionierung der kleineren Hohepriester-Pyramide sein kann und ob ein Zusammenhang zwischen Standort und Cenotewegverlauf existieren könnte. Zu diesem Zweck beschäftigen wir uns auch messenderweise mit der Hohepriester-Pyramide. Eines meiner Lieblingsgebäude der Mayawelt – das Observatorium von Chichén Itzá – ist leider überhaupt nicht zugänglich und nur aus einiger Entfernung zu betrachten. Das empfinde ich als sehr enttäuschend, hatte ich doch wenigstens vor, die bekannte astronomische Ausrichtung der oberen Plattform zu bestätigen. So bleibt es bei einem tollen Erinnerungsfoto von Jens und mir mit dem El Caracol als Hintergrundkulisse. Ist ja auch schon was.

Am Königspalast hinter El Caracol erzählt mir Jens einiges zur Geschichte Chichén Itzás. Mir selbst fällt auf, dass ich hier keine vergleichbar schillernde Figur wie einen Vogel-Jaguar aus Yaxchilán oder Pakal von Palenque kenne. Nun, ich werde mir den König Feuer-Schild merken. Dieser wird hier am meisten erwähnt. Seine Mutter stammt wohl aus dem nicht weit entfernten Dorf Ebtun, welches diesen Namen noch heute trägt. Ich verlasse Chichén Itzá mit dem etwas bedrückenden Gefühl, dass dies vorerst mein letzter Mayastadt-Besuch war. Dessen nur zu bewusst, blicke ich mehrmals zurück und meine mein gedankliches „Auf Wiedersehen“ sehr ernst. Die Straße in Richtung Cancun führt durch Ebtun. Irgendwo hier sollte auch eine Ruine stehen, mutmaßen wir. Aus dem Auto heraus sehen wir nichts Derartiges. Einige Dörfer weiter zeigt mir Jens eine dieser typischen Cenotes mit Badesee. Das Wasser ist ganz klar.

Die Höhle wird von einem unterirdischen Fluss durchströmt, der diesen Effekt bewirkt. Es muss einer dieser unterirdischen Flüsse Yucatáns sein, von denen mittlerweile Hunderte Kilometer kartographiert sind. An der Oberfläche sucht man im gesamten Norden der Halbinsel vergebens nach einem sonst üblichen Netz von Flüssen. Hier sind es die Ströme der Unterwelt, die das Wasser in Richtung Meer befördern und für eine gewisse Feuchtigkeit von unten sorgen. Stellenweise, wo Wurzeln die Decken der Höhlen nach unten durchstoßen, entsteht ein gespenstischer Anblick. Ganz klar, dass in solchen Höhlen, an diesen gleichermaßen faszinierenden wie gruseligen Orten, die Vorstellungen der Maya von ihrer Unterwelt Xibalba entstanden.

Beängstigend ist auch die Leere der Autobahn. Es ist in Deutschland überhaupt nicht denkbar, dass man nur aller 15 Minuten mal ein anderes Auto sieht. Der Verkehr rollt über die gebührenfreie, fast parallel verlaufende Straße. Wir haben es allerdings eilig. Unser Mietwagen soll ja pünktlich mit nur genau einem Tag Verspätung zurück. So erreichen wir Cancun, unseren Start- und Zielort der Mayaland-Tour 2009, rechtzeitig und unversehrt. Wertvollste Mitbringsel sind unsere Eindrücke und Erinnerungen an eine wunderbare Zeit in einer aufregenden Umgebung. Das Glücksgefühl triumphiert über die Erschöpfung und wir verbringen den letzten Tourabend im Zentrum von Jens‘ Wahlheimatstadt.

Mayaland – fesselndes Land. Gedanken zum Abschied.

Na gut, es war schon clever, dass wir zuerst unseren Dschungeltrip absolvierten, um diesen durch die Mietwagen- und Hoteltage zu ergänzen. Da fällt man nicht ganz so abrupt ins gewohnte Leben zurück. Mal abgesehen vom Tulum-Tag führten wir gewissermaßen auch eine Zeitreise von zum Teil bereits in der Vorklassik existierenden Städten wie Yaxhá und Tikal über die Paradebeispiele klassischer Mayastädte wie Yaxchilán und Palenque hin zu den Orten der Endklassik wie Uxmal und Chichén Itzá durch.

Das Mayaland ist besonders fesselnd. Das meine ich auch im Sinne des Darangehindertwerdens, das Land zu verlassen. Pünktlich, wie gebucht, am 27.8. zur vorgesehenen Uhrzeit stehe ich mit meinen Habseligkeiten auf dem Cancuner Flughafen bereit zum Heimflug. Die Anzeige eines Codorfluges nach Frankfurt bleibt aus. Ein diesbezügliches Nachfragen an einem Informationsstand bringt neben der Verwunderung des Auskunftspersonals für mich die Gewissheit, dass mein Mexikoaufenthalt in eine Verlängerungsrunde geht. „Condor fliegt erst übermorgen wieder." Mein Gastgeber Jens hat zum Glück kein Problem damit. Die weiteren Cancuntage werden von uns hauptsächlich zur ersten Aufarbeitung des Materials genutzt. Wir können uns dabei an den vielen tollen Bildern und Videos erfreuen.

Zudem habe ich schon mal die Zeit darüber nachzudenken, wie die gesamte Reise nachwirken könnte. Ja klar, da sind zunächst die ganzen mayathematischen Eindrücke, die einer Verarbeitung bedürfen. Nein, ich sollte die Reise aus einer anderen Perspektive beleuchten. Ich möchte mal mit einigen Gedanken zur Ausgangslage beginnen.

Gewöhnlicherweise denke ich viel über abstrakte Inhalte nach. Meine derzeitige Lebenssituation bringt auch plagende Sorgen mit sich. Da kann sich der Kopf schon mal festlaufen im pausenlosen und dauerhaften Lösungsstrategie Suchen. Ich war bisher der Meinung, die Kunst nicht zu resignieren, liegt in der Fähigkeit, sich immer ausreichend Spaß und Erfolg zu verschaffen. Kann man wirklich allem etwas Positives abgewinnen? Bedingt durch den Umstand, dass ich in diesem Jahr nicht gemeinsam mit meiner Familie Urlaub machen konnte, bot sich die Möglichkeit dieser Mexikoreise, die ich in dieser Art nur allein durchführen konnte. Die ganze Reise war also motiviert durch Flucht vor dem Stress und Sehnsucht nach den Annehmlichkeiten des exotischen und hochinteressanten Mayalandes, ohne ein schlechtes Gewissen haben zu müssen.

Diese gute Ausgangslage sowie der Umstand, dass ich mit Jens hier ein Sorglos-und Allround-Abenteuerpaket „gebucht“ hatte, führten schnell dazu, dass ich den Kopf frei bekam. Ich bin dankbar dafür, dass ich jeden Tag eine riesige Portion Freiheit genießen durfte. Recht schnell gewöhnt man sich dann das Aufregen ab, Gelassenheit stellt sich ein. Das ist sehr angenehm. Es ist auch nicht unangenehm, spartanisch zu leben. Solange die Grundbedürfnisse erfüllt werden, fühlt man sich wohl. Insbesondere, wenn man die Sicherheit in Form des Geldes hat, um jederzeit Engpässe oder Unannehmlichkeiten aus der Welt zu schaffen. Wir haben jedenfalls hinreichend gut gelebt. Meist viel besser als dies der gemeine Einheimische kann. Mental sicher auch besser als der All-Inclusive-Tourist in einer Cancuner Bettenburg.

Was wird mir davon bleiben? Kann ich etwa das Gefühl der Gelassenheit und Selbstsicherheit bewahren, mit jeder Situation auf lockere Weise klarzukommen? In Deutschland kann einem ja nun wirklich gar nichts passieren. Jedenfalls kaum was echt Bedrohliches. Da zieht man es vor, sich über Nichtigkeiten aufregen. Leider habe ich die Befürchtung, dass die Schablone mexikanischen Verhaltens nicht auf deutsche Situationen anwendbar ist. So erreiche ich meine Ziele nicht. Dazu brauche ich wieder Ehrgeiz und ich lande früher oder später wieder beim Stress. Dann soll es doch bitteschön positiver Stress sein. Optimalerweise verbunden mit Spaß und Erfolg. War ich da nicht schon mal?

Diese Frage möchte ich ganz klar mit „nein“ beantworten. Mit diesen Erlebnissen verbinden sich ganz tolle Erinnerungen, auf die ich jederzeit zugreifen kann und die mir jede Lebenssituation bei Bedarf versüßen. Meine Lebenserfahrungen sind vor allem qualitativ reichhaltiger als vorher. Das die Maya betreffende Wissen ist auch auf sehr angenehme Weise erweitert worden. Johann Wolfgang von Goethe, ein Mensch, der selbst sehr viel reiste, bemerkte hierzu passend: „Die beste Bildung findet ein gescheiter Mensch auf Reisen.“ Und letztlich wird in Zukunft meine Beschäftigung mit dieser interessanten Hochkultur durch Bilder eigener Erlebnisse viel lebendiger sein, als das jemals vorher möglich war.

Ob ich die Zeit finde, meine reichhaltigen Eindrücke in Vorträgen einem größeren Publikum zugänglich zu machen, steht noch in den Sternen. Andererseits steht aber fest, dass die Menschen, die mich umgeben, meine Begeisterung ertragen müssen. Dies betrifft insbesondere meine Familie, aber auch jene Freunde, mit denen ich derzeit im wahrsten Sinne des Wortes viel zu tun habe. Andreas, Jörg usw., lasst euch erzählen, wie schön etwa Palenque ist. Allein die gewaltige tägliche Dosis Sonne garantiert dauerhafte gute Laune.

Nun, ich bin sehr gespannt, was die Zukunft bringt. Gegenwärtig bin ich von innerer Unruhe erfüllt. Ist das der Drang, wieder nach Hause zu wollen? Heimweh? Hier ist es doch sehr schön! Ich darf länger bleiben in Mexiko! Nein, ich möchte jetzt doch schnellstens wieder zu meiner Familie zurück. Aber ich werde auch wiederkommen. Spätestens 2012 zum vielzitierten „Weltuntergang“. Den möchte ich keinesfalls verpassen.

Ich verabschiede mich:
„Danke, Mexiko.
Auf Wiedersehen Mexiko.

Danke, Jens.“

Das Tourstart-Datum, der Mayakalender und das Jahr 2012

Jedem Tourtag, d. h. jedem Kapitel ist das entsprechende Mayakalender-Datum zugeordnet. Nachfolgend ist das Datum des ersten Tourtages mittels eines Programms, das sich auf unserer Webseite www.faszination2012.de im Menü unter Kalender → Lange Zählung befindet, abgebildet. Die Glyphenzeilen haben folgende Bedeutung:

Zeilen	1 bis 5	⇒	Lange Zählung
Zeile	6	⇒	Tzolkin-Tag
Zeile	7	⇒	Haab-Tag

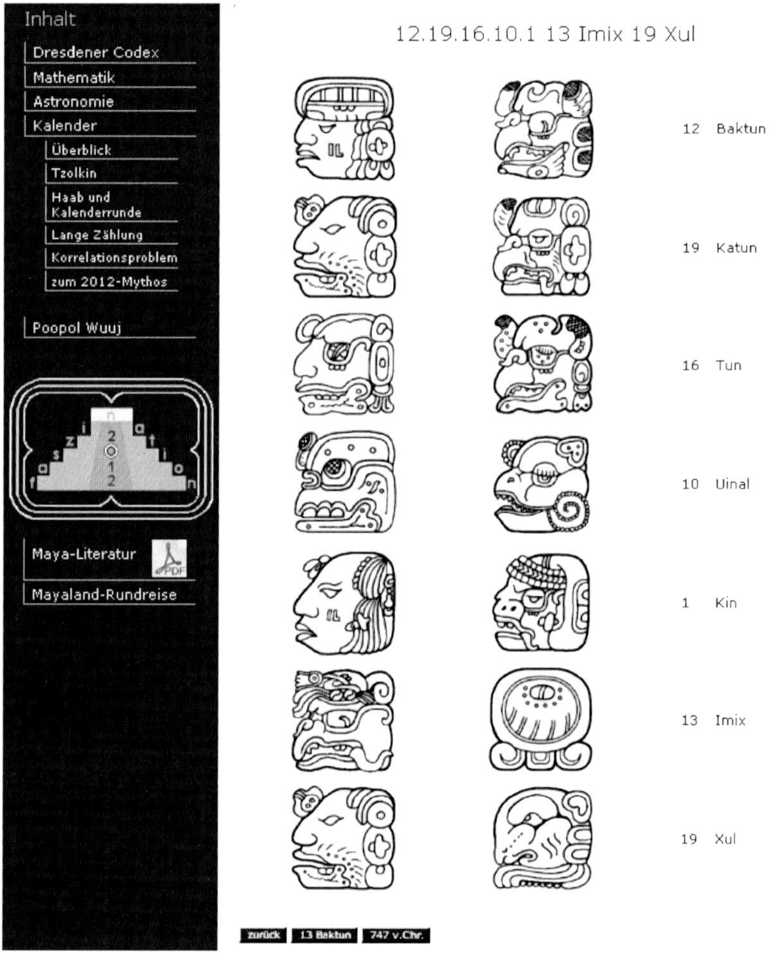

Die Lange Zählung

Die Zahl **12.19.16.10.1** gehört zur so genannten Langen Zählung. Hierbei werden seit Beginn 0.0.0.0.0 die Tage einfach im Zahlensystem der Maya gezählt. Bis auf eine Ausnahme, nämlich die Zahl 18, rechneten die Maya in einem Zwanziger-Zahlensystem. Die Ausnahme mit der „18“ ist der Tatsache geschuldet, dass 20 × 18 Tage = 360 Tage relativ genau einem Jahr entsprechen. Im Einzelnen sind die fünf Datumspositionen von rechts nach links so benannt:

1 Kin	=	1 Tag
1 Uinal	=	20 Tage
1 Tun	=	20 × 18 Tage = 360 Tage
1 Katun	=	20 × 18 × 20 Tage = 7 200 Tage
1 Baktun	=	20 × 18 × 20 × 20 Tage = 144 000 Tage

Somit beträgt die Zahl der Tage unseres ersten Tourtages 12.19.16.10.1:

=	**12** Baktun	+ **19** Katun	+ **16** Tun	+ **10** Uinal	+ **1** Kin
=	**12** × 144 000	+ **19** × 7 200	+ **16** × 360	+ **10** × 20	+ **1** × 1
=	1 870 761 Tage.				

Der heilige Tzolkin

Der zweite an unserem Beispiel beteiligte Kalender ist der heilige (religiöse) Kalender Tzolkin.

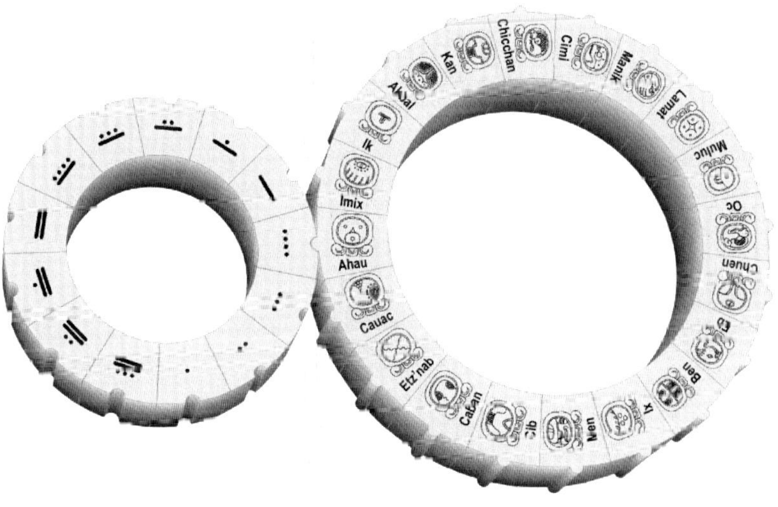

Er besteht aus zwei ineinander greifenden Rädern, wobei eines davon mit den Zahlen von 1 bis 13 beschriftet ist. Das andere Rad enthält die heiligen Tage der Maya „Imix“ bis „Ahau“ (siehe Abbildung). Dabei ergeben sich an der jeweiligen Berührungsstelle Tage wie zum Beispiel „1 Imix“, „2 Ik“, „3 Akbal“ und so weiter. Kombiniert man nun alle Zahlen des einen Rades mit allen Tagesnamen des anderen, erhält man 260 verschiedene Tzolkin-Daten.

Das Tzolkin-Datum unseres ersten Tourtages heißt **13 Imix**.

Haab – Das Sonnenjahr

Natürlich kommen die Maya nicht um das normale Sonnenjahr herum. Es wird Haab genannt und hat 365 Tage. Dass eigentlich noch Nachkommastellen folgen, hat für die Maya keine Bedeutung. Sie kannten keine Dezimalzahlen und verwendeten auch keine Schalttage, wodurch der Neujahrstag „wanderte“. Das Haab-Jahr besteht aus 18 Monaten zu je 20 Tagen. Beim Auffüllen des Jahres mit den noch fehlenden fünf Tagen hatten die Maya wohl kein gutes Gefühl, so dass sie diese als Unglückstage betrachteten, welche einen Kurzmonat bilden. Die Monatslänge hat im Zahlensystem zur Basis 20 ihre Motivation, wodurch auch klar wird, dass die Zählung der Tage innerhalb der Monate traditionell von 0 bis 19 erfolgt, also den Ziffern der Maya entspricht. Ein Datum setzt sich also aus einer Tagesziffer (die nichts mit der Tzolkin-Tagesziffer zu tun hat) und dem Monatsnamen zusammen, wobei das Fortschreiten des Datums wie in unserem Kalender erfolgt, indem alle Ziffern des Monats durchlaufen werden, bis dies im nächsten Monat wieder geschieht:

0 Poop,	1 Poop,	…	19 Poop,
0 Wo,	1 Wo,	…	19 Wo,
.	.	…	.
.	.	…	.
.	.	…	.
0 Xul,	1 Xul,	…	**19 Xul**
.	.	…	.
.	.	…	.
.	.	…	.
0 Wayeb,	1 Wayeb,	…	4 Wayeb.

Unser Tourtagdatum enthält den letzten Tag des Haab-Monats Xul, also **19 Xul**.

Die Umrechnung

Bis zu dieser Stelle haben wir nur das Mayadatum betrachtet. Wie kommen wir aber zu der Entsprechung in unserem gregorianischen Kalender? Hier vermutet der Laie vielleicht kein großes Problem. Aber die Einordnung des Nulldatums 0.0.0.0.0 in unseren Kalender ist sehr umstritten. Es gibt mehr als 50 in der Wissenschaft diskutierte Umrechnungsvorschläge mit Abweichungen von zum Teil einigen Jahrhunderten. Nun können in diesem kurzen Anhang natürlich nicht alle diesbezüglichen Kapitel aus unserem Buch „Faszination 2012 – Das Buch zum Mayakalender" referiert werden, aber so viel sei gesagt: Wir, Jens und ich, prüften alle diese so genannten Korrelationsvorschläge anhand von neun Kriterien, wie zum Beispiel astronomische Gegebenheiten, historische Quellen aus der Maya- und Kolonialzeit und einiges mehr. Unser Fazit: Der Kalender der klassischen Mayazeit ist in unseren gregoriani-schen Kalender derart umzurechnen, dass die Lange Zählung am 13. August 3114 v. Chr. mit 0.0.0.0.0 beginnt.

Das Datum, an dem wir unsere Tour begannen ist entsprechend dieser Korrelation der **2. August 2009**. Wer solche Umrechnungen selbst durchführen will, um etwa den eigenen Geburtstag als Mayadatum zu ermitteln, kann das auf unserer Webseite als freien Download erhältliche Kalenderprogramm „Faszination 2012" benutzen:

„4 Ahau" und das besondere Jubiläum

Sowohl der Tag 0.0.0.0.0 als auch der Tag 13.0.0.0.0 bekommt das Tzolkin-Datum „4 Ahau" zugeordnet. (Ahau = Herr, Adliger, König; Es gab 4 Schöpfungsversuche, woraus letztlich 4 Herren hervorgingen.) Nach dem Schöpfungstag hat dieses mythologisch besonders bedeutsame Datum erst nach „13 Baktun" wieder ein Jubiläum, und zwar dergestalt, dass alle weiteren (vier) Stellen der Datumsangabe eine Null zeigen. Zwar haben wir nach jedem vollen „Baktun", also alle 144 000 Tage, den Tag „Ahau", aber eben nicht „4 Ahau".

0.0.0.0.0.	**4 Ahau**	8 Cumku	7.0.0.0.0.	10 Ahau	18 Sac
1.0.0.0.0.	3 Ahau	13 Ch'en	8.0.0.0.0.	9 Ahau	3 Zip
2.0.0.0.0.	2 Ahau	3 Uayeb	9.0.0.0.0.	8 Ahau	13 Ceh
3.0.0.0.0.	1 Ahau	8 Yax	10.0.0.0.0.	7 Ahau	18 Zip
4.0.0.0.0.	13 Ahau	13 Pop	11.0.0.0.0.	6 Ahau	8 Mac
5.0.0.0.0.	12 Ahau	3 Zac	12.0.0.0.0.	5 Ahau	13 Zotz
6.0.0.0.0.	11 Ahau	8 Uo	**13.0.0.0.0.**	**4 Ahau**	3 Kankin

Das erlaubt uns mit Fug und Recht die Deutung, dass das Datum 13.0.0.0.0 in der Maya-Mythologie dasselbe ist wie 0.0.0.0.0 – nämlich der Tag der Schöpfung. Hieraus wiederum resultiert ein neuerlicher großer Zyklus: Von einem Schöpfungsdatum bis zum nächsten vergehen jeweils „13 Baktun". Das sind, 13 × 144 000 Tage, also 1 872 000 Tage oder 5 125 Jahre zu je 365,25 Tagen. Anders gesagt: Rein mathematisch beginnt alle 5 125 Jahre eine neue Lange Zählung. Und mythologisch betrachtet stellt für die Maya jedes neue Schöpfungsdatum einen ganz besonderen Zeitpunkt dar.

Wann ist denn nun dieser nächste Schöpfungstag 13.0.0.0.0? Das können wir doch berechnen! Wir wissen: Der Tag 12.19.16.10.1, unser erster Tourtag, entspricht dem 2. August 2009. Bis 13.0.0.0.0 vergehen:

1 872 000 Tage (13.0.0.0.0) – 1 870 761 Tage (12.19.16.10.1) = 1239 Tage.

Nach 365 Tagen ist der 2.8.2010. Nach weiteren 365 Tagen ist der 2.8.2011. Noch ein Jahr später ist der 2.8.2012. Bis dahin haben wir 3 × 365 Tage verbraucht. Wir haben also noch 144 Tage übrig.

Weitere 31 Tage später ⇒ 2.9. Weitere 30 Tage später ⇒ 2.10.

Weitere 31 Tage später ⇒ 2.11. Weitere 30 Tage später ⇒ 2.12.

Uns bleiben noch 22 Tage, womit wir am 24. 12. Ankommen. Spitze, Heilig Abend! Nein, wir haben vergessen, dass wir im Jahr 2012 angekommen sind. Dieses ist ein Schaltjahr, weshalb für den 29. Februar ein zusätzlicher Tag verbraucht wird. Wir haben also am 2.9. nur noch 143 Tage übrig, die bis zum 23.12.2012 reichen. Fazit: Der 23.12.2012 entspricht dem nächsten Schöpfungstag 13.0.0.0.0 (4 Ahau 3 Kankin). Pessimistisch eingestellte Menschen reden da vom Weltuntergangsdatum. Haha! (Das aus den Medien bekannte

Datum 21.12.2012 ergibt sich durch eine andere Umrechnung, die aus Kalendermanipulationen nach der klassischen Mayazeit resultiert.)

Müssen wir uns 2012 vergraben?

Wodurch ist denn diese Weltuntergangshysterie legitimiert? Astronomisch? *„Die Sonne passiert am Morgen des 21.12.2012 den galaktischen Äquator."* Wahnsinnig spektakulär! Genau betrachtet, geschieht es jedes Jahr, jahrelang hintereinander. Etwa aller 70 Jahre ergibt sich ein Tag Verschiebung. 1940 fand dieses Ereignis am 22. Dezember statt, 1870 am 23. Dezember. Und in knapp 26000 Jahren geht es von vorn los. Ja, wer sich auskennt, bringt diesen Zeitraum mit der Wanderung des Frühlingspunktes in Verbindung.

„2012 wird sich ein Venustransit ereignen." Okay, die Venus hatte schon eine besondere Bedeutung für die Maya. Zu oft kommt dieser Vorbeimarsch vor der Sonnenscheibe tatsächlich nicht vor. Es gibt einen gewissen Rhythmus (2004, 1882, 1874, 1769, 1761…). Nur fällt das Ereignis auf den 6. Juni und nicht auf das erwartete Dezemberdatum.

„2012 ist ein Jahr verstärkter Sonnenaktivität." Ja, ist es, genau wie sonst aller 11 Jahre. Dabei treten verstärkt Sonnenflecken, Protuberanzen und auch Eruptionen auf. Vor der dadurch bedingten stärkeren Teilchenstrahlung schützt uns unser Erdmagnetfeld. Ach ja, das bricht doch gemäß Emmerich-Film ausgerechnet 2012 ganz plötzlich zusammen, um sich neu zu formieren.

Was sagen eigentlich die Aufzeichnungen der Maya selbst aus? Das Enddatum 13.0.0.0.0 4 Ahau 3 Kankin taucht in expliziter Weise nur einmal auf. In Tortuguero finden wir das Datum eingemeißelt. Den zugehörigen Ausführungen lässt sich aber überhaupt nichts in Sachen Weltuntergang entnehmen. Fehlanzeige also. Und der Dresdener Codex, sagt der vielleicht was aus? Auf der Startseite sehen wir das Himmelsband, das in einen Krokodilkopf übergeht. Das Tier, welches bei den Maya die Milchstraße symbolisiert, speit Wasser aus und sorgt mit viel Fantasie des Betrachters für eine Überflutung der Welt.

Streng genommen, stammen solche Weltunterganszenarien eher von den Atzteken, nach deren Ansicht die Welt nach Ablauf eines Sonnenzeitalters immer erneuert werden musste. Es bringt auch nicht viel, alte Propheten oder Schamanen zu bemühen. Auch wenn etwa Chan K'in Viejo das Verschwenden natürlicher Ressourcen anmahnte, sah er nicht konkret am Tag 13.0.0.0.0 4 Ahau 3 Kankin ein plötzliches Ende der Welt. Es tut mir leid, aber wir müssen wohl auf einen Weltuntergang verzichten. Nutzen wir dieses Datum als Neubeginn des Umgangs mit unserer Erde. Das wäre nicht nur im Sinne von Chan K'in Viejo.

Don Eric und die Maya

260 Seiten Paperback + CD

ISBN 978-3-938142-72-1

Preis: 18,50 Euro

Vor 20 Jahren veröffentlichte Erich von Däniken seinen internationalen Bestseller „Der Tag an dem die Götter kamen – 11. August 3114 v. Chr.“. Im Rahmen seiner Auseinandersetzung mit der Hochkultur der Maya lieferte er angebliche Beweise für den Kontakt der Maya mit außerirdischen Besuchern. Bezug nehmend auf Kritik an solcherart „Pseudowissenschaft“, veröffentlicht in der englischen Zeitschrift New Scientist, schrieb von Däniken:

> “Der Verfasser fordert die Wissenschaftler auf, nicht länger zu schweigen und sich endlich mit diesem Herrn von Däniken in den Ring zu begeben. Ich freue mich auf dieses Match...
> (S. 158)“

Jens S. Rohark Bartusch, studierter Linguist, seit 10 Jahren tätig als Reiseleiter in Mexiko, Guatemala, Belize und Honduras, und Mario Krygier, Gymnasiallehrer für Astronomie, Physik, Mathematik und Informatik, nehmen die Herausforderung an und führen im humorvollen Dialog, doch mit messerscharfer Logik und beeindruckendem Fachwissen ihre Gegenargumente ins Feld. Dabei ergeben sich erwartete, aber auch überraschende Folgerungen: Der Streit um das Nulldatum der Langen Zählung wird hier fundiert entschieden. Wissenschaftliche Sensation: Erstmals wird erarbeitet, wann die antiken Maya den Kalender der Langen Zählung ins Leben riefen!

Ein absolutes Muss für Däniken-Leser und Mayafans; ebenso für kulturbegeisterte Mexikoreisende sowie Archäologieinteressierte!

Poopol Wuuj

Das heilige Buch der K'icheé - Maya von Guatemala

288 Seiten Paperback + CD

ISBN 978-3-939665-32-8

Preis: 18,50 Euro

Das Poopol Wuuj, das Heilige Buch der K'ichee'-Maya von Guatemala, ist eine der größten Schriften der Menschheitsgeschichte. Es steht in einer Reihe neben den Veden, dem I-Ching, dem Koran, der Bibel oder den Tantras. Das einzige wirkliche „Buch" des prähispanischen Amerika liegt nun zum ersten Mal in exakter Gegenüberstellung, Satz fuer Satz, von Mayatext und deutschem Text, vor. Zum ersten Mal wird außerdem der Originaltext in moderner Maya-Orthographie präsentiert. Ergänzt wird die Übersetzung dieses esoterischen Textes durch verständliche Kommentare in Dialogform, die dem Leser endlich erlauben, die Bedeutung dieser jahrtausende alten Legenden zu begreifen und in die faszinierende Welt des spirituellen Denkens der Maya einzudringen.

J.S.R.B.

Originell, lebendig und spannend haben die Maya ihre Vorstellung von der Schöpfung dargelegt. Davon profitiert die Übersetzung. Die Nähe zum Maya-Originaltext erweckt beim Leser den Eindruck exotischer Poesie, welche der anschaulichen Darstellung der mythologischen Gegebenheiten eine angenehme Würze verleiht. Auf der dem Buch beigelegten CD findet der Mayafreund das an Funktionen und Inhalten umfangreiche Programm zum Kalendersystem der Maya „Faszination2012" von Mario Krygier.

Faszination 2012

Das Buch zum Mayakalender

296 Seiten Paperback + CD

ISBN 978-3-939665-82-3

Preis: 18,00 Euro

Pünktlich vor Vollendung der jetzigen, über 5000 Jahre währenden Ära im vieldiskutierten Jahr 2012 erscheint dieses umfassende Standardwerk zum Mayakalender.

Im Mittelpunkt steht die Erläuterung der Funktionsweise des faszinierenden Kalendersystems unter Berücksichtigung der Wechselwirkung mit der Astronomie bzw. Astrologie und der Mythologie dieser Hochkultur. Zu diesem Zwecke erarbeiteten die Autoren einzigartiges Material, wie etwa einen 12-seitigen Rechencodex und eine sehr komplexe Software mit vielerlei Kalender- und Astronomiefunktionen. Durch die bereits in „Don Eric und die Maya" verwendete Dialogform werden auch anspruchsvolle Betrachtungen für jedermann begreifbar. Als fachlich besonders wertvoll ist die ausführliche und zielführende Behandlung der umstrittenen Umrechnung zwischen Mayakalender und europäischem Kalender zu werten. Erneut gelangen die Autoren zu verblüffenden Erkenntnissen, wie etwa der Tatsache, dass die antiken Maya, sogar die Olmeken, den Uranus beobachteten.